Un prince hors d'atteinte

SUSAN MEIER

Un prince
hors d'atteinte

Traduction française de
FRÉDÉRIQUE LALLEMENT

Collection : Azur

Titre original :
OFF-LIMITS TO THE REBEL PRINCE

© 2023, Linda Susan Meier.
© 2024, HarperCollins France pour la traduction française.

Ce livre est publié avec l'autorisation de HARLEQUIN BOOKS S.A.

Tous droits réservés, y compris le droit de reproduction de tout ou partie de l'ouvrage, sous quelque forme que ce soit.
Toute représentation ou reproduction, par quelque procédé que ce soit, constituerait une contrefaçon sanctionnée par les articles 425 et suivants du Code pénal.

Si vous achetez ce livre privé de tout ou partie de sa couverture, nous vous signalons qu'il est en vente irrégulière. Il est considéré comme « invendu » et l'éditeur comme l'auteur n'ont reçu aucun paiement pour ce livre « détérioré ».

Cette œuvre est une œuvre de fiction. Les noms propres, les personnages, les lieux, les intrigues sont soit le fruit de l'imagination de l'auteur, soit utilisés dans le cadre d'une œuvre de fiction. Toute ressemblance avec des personnes réelles, vivantes ou décédées, des entreprises, des événements ou des lieux serait une pure coïncidence.

HARPERCOLLINS FRANCE
83-85, boulevard Vincent-Auriol, 75646 PARIS CEDEX 13
Service Clients — www.harlequin.fr
ISBN 978-2-2805-0287-0 — ISSN 0993-4448

Édité par HarperCollins France.
Composition et mise en pages Nord Compo.
Imprimé en mars 2024 par CPI Black Print (Barcelone)
en utilisant 100% d'électricité renouvelable.
Dépôt légal : avril 2024.

Pour limiter l'empreinte environnementale de ses livres, HarperCollins France s'engage à n'utiliser que du papier fabriqué à partir de bois provenant de forêts gérées durablement et de manière responsable.

1

Le prince Axel Sokol s'assit face au bureau de son père, Jozef Sokol, roi de Prosperita, une île méditerranéenne prospère, afin de présenter son rapport d'activité de début d'été. À côté de lui se tenait son frère Liam, destiné à régner après leur père.

Axel, le proverbial suppléant né pour monter sur le trône au cas où il arriverait malheur à son frère, avait trouvé sa place et un but trois ans auparavant en reprenant la direction de l'administration du palais. Ce service contrôlait chaque détail de la vie royale. Il établissait les emplois du temps, organisait les dîners d'État, bals et autres événements, et attribuait le personnel de sécurité, en particulier les gardes du corps.

De ce fait, Axel connaissait tous les aspects de la vie des membres de sa famille, mais sa priorité était d'assurer la sécurité du présent et du futur roi. Cela donnait un sens à sa vie car, après avoir perdu sa mère d'un cancer alors qu'il était adolescent, il tenait par-dessus tout à garder son père et son frère en vie.

Il termina son rapport avec les améliorations apportées au système de protection. Même si son père était aimé, il recevait parfois des menaces de mort, et des gens essayaient de franchir les murs afin de pénétrer dans les jardins. Pas dans le but de tuer, plutôt par curiosité, mais cela montrait de quoi une personne déterminée était capable pour arriver à ses fins. Si jusque-là il s'était toujours agi de touristes inoffensifs, un jour ce seraient peut-être des terroristes, des assassins ou des kidnappeurs. Ces intrusions ayant mis en évidence les faiblesses de leur système, Axel et son personnel y avaient remédié et étaient préparés à les contrer.

Comme il refermait son dossier, le roi se pencha au-dessus de son bureau.

— Je te remercie pour cette présentation, mon fils. Toutefois, je souhaite aborder un sujet plus urgent que les clôtures du parc ce soir.

Axel se renfrogna intérieurement. Son père n'avait jamais fait ouvertement si peu cas de son travail jusque-là. Il connaissait pourtant l'importance de la sécurité. L'administration du palais ne se limitait pas à l'organisation d'événements, que diable !

Le roi se renfonça dans son fauteuil.

— Tu as trente ans, à présent, Liam. Depuis trois ans tu n'as eu aucune relation sérieuse, or la responsabilité de produire un héritier repose sur tes épaules.

Un petit rire monta aux lèvres d'Axel. Il le camoufla derrière un raclement de gorge. C'était l'avantage de ne pas être le successeur de son père sur le trône. Il avait un travail passionnant, et personne ne se mêlait de sa vie privée.

Son frère ne réagit pas. Ses oreilles s'étaient cependant colorées. Un signe de gêne ou de colère. Mauvais dans les deux cas.

Histoire de rompre le silence qui semblait s'éterniser, Axel plaisanta :

— C'est bon, il a le temps.

Jozef Sokol haussa les sourcils.

— Je crains que non. Le nouvel héritier doit avoir des années pour observer mon travail puis celui de son père lorsqu'il me succédera. Même si Liam se mariait et procréait cette année, son enfant n'aurait pas trente ans quand lui aurait dépassé la soixantaine. Donc, il y a urgence.

Du coin de l'œil, Axel vit son frère serrer les dents. L'ambiance venait de se rafraîchir sérieusement dans le bureau.

Leur père soupira.

— Sans vouloir te mettre la pression, Liam, il me semble que tu ne prends pas ce devoir au sérieux.

— Qu'attends-tu de moi, exactement ? demanda le prince héritier en se levant d'un bond. Un nom et des dates ? Une cour officielle selon les règles aussi, peut-être ? Rowan et toi n'en avez pourtant suivi aucune !

L'ambiance se fit brusquement glaciale. Axel se tint coi. Même s'il comprenait le besoin de Liam de se défendre, mentionner l'ancienne liaison clandestine de son père avec la reine actuelle dépassait les bornes.

— Ressaisis-toi, Liam. Ce que je te demande est de te réveiller et d'assumer tes responsabilités. Regarde ton frère, il a trouvé sa voie. Son travail peut nous paraître insignifiant, mais il fait quelque chose de sa vie.

Le souffle d'Axel se bloqua soudain. Dire que pendant trois ans, il avait cru son père conscient de l'importance de son poste. Bien sûr, en comparaison de celui de Liam, il était insignifiant, mais le qualifier de tel n'en restait pas moins une insulte.

Jozef se leva.

— Vous pouvez partir, à présent.

Axel suivit Liam hors du bureau. À les voir, personne ne les aurait crus frères. Bien qu'ils soient tous deux grands, Liam avait des cheveux blonds coupés court et des yeux d'un bleu très clair, quand lui avait d'épais cheveux noirs raides qui atteignaient ses épaules, et des yeux bleu marine. De plus

Liam était mince, alors que lui, en sportif accompli, avait une solide musculature.

Même leurs tempéraments divergeaient. Lui était toujours en action, et son frère était calme. Un penseur qui ne prenait jamais de décisions hâtives ni ne faisait de mouvements brusques. En cet instant pourtant, il bouillonnait de rage rentrée et marchait à grands pas.

— Je suis désolé pour toi, Liam.
— Ce n'est pas grave.

Axel fit une grimace.

— En fait, je crois que si. Papa ne parle jamais à la légère. Il veut que tu trouves une femme.

Et comme ses mots ne semblaient pas assez explicites, il ajouta :

— N'oublie pas que le mariage de nos parents a été arrangé.

Liam s'arrêta net et le regarda, visiblement stupéfait.

— Tu ne penses tout de même pas que si je ne m'engage pas très vite vis-à-vis d'une femme, il me forcerait à en épouser une à son goût ?

— Je ne sais pas quoi penser. Tu as eu des maîtresses superbes, comment se fait-il que tu ne sois jamais tombé amoureux ?

— Le problème n'est pas de tomber amoureux, mais de trouver celle qui acceptera de partager ma vie *et* de suivre les règles et contraintes qu'imposera sa position.

Sur ce point, Liam n'avait pas tort.

Tous deux reprirent leur marche en silence jusqu'au grand hall où leurs chemins se séparaient. Choisissant ses mots, Axel dit :

— Un mariage arrangé n'est pas l'idéal, mais si aucune des femmes dont tu tombes amoureux ne se sent le courage d'embrasser notre vie, ce serait peut-être plus facile d'en chercher une qui veuille être reine.

— C'est la seule solution à ton avis ?

— Je le crains. Il est temps de fonder un foyer à ton âge. Mais si tu ne veux pas d'un mariage arrangé, tu devrais prendre une petite amie sérieuse au lieu de papillonner.

— Ça te va bien de dire ça, ricana Liam. En cinq ans, aucune de tes liaisons n'a duré plus de trois jours.

Axel sourit.

— Oui, mais je n'ai pas à produire d'héritier.

— Vrai. En fait, tu n'as rien à faire.

Là-dessus, Liam tourna les talons et partit. Son insulte, quelques minutes après celle de son père, frappa Axel de plein fouet. À quoi bon passer son temps et son énergie à les protéger si les deux personnes qui comptaient le plus à ses yeux ne remarquaient ni n'appréciaient son travail ? Et pire, trouvaient ses tâches insignifiantes. Il ferait mieux de reprendre sa vie d'insouciance, de sortir tous les soirs et de se lever à midi !

De prince rebelle, il était devenu un prince terne dont personne ne se souciait.

Une brusque envie de démissionner lui fondit dessus. Lui qui avait cru avoir trouvé sa place au sein de la maisonnée royale et un but à sa vie s'était bien trompé.

Réalisant qu'il avait peut-être simplement besoin de faire une pause, il remonta dans son appartement, troqua son costume contre un bermuda et une chemise imprimée de gros ananas. Il releva ensuite ses cheveux, les dissimula sous un vieux fédora chapardé dans les armoires de son grand-père, puis quitta les lieux.

S'amuser quelques heures dans son ancienne peau de prince rebelle ne pouvait que lui faire du bien.

Heather Larson s'apprêtait à rentrer chez elle à la fin de son service quand une silhouette familière se faufila hors du palais et héla un taxi. Sous l'effet d'un sixième sens, elle changea de direction pour suivre le véhicule. Deux bons kilomètres plus loin, le taxi s'arrêta devant un garage dans lequel le prince cadet de Prosperita, Axel Sokol, entra avant de ressortir au volant d'une voiture banale qu'il conduisit jusqu'à un quartier de la ville peu recommandable.

Pour Heather, il n'y avait rien de pire que de protéger une Autorité – selon le terme en vigueur chez les gardes du corps – dans un bar sombre. Mais en tant que membre de la garde rapprochée de la famille royale, et bien que pas assignée au service du jeune prince, elle se félicita de l'avoir suivi. Elle se félicita aussi d'avoir défait sa queue-de-cheval pour laisser ses cheveux cascader jusqu'à sa taille, ôté sa veste d'uniforme et son chemisier pour ne rester qu'avec son débardeur bleu pâle et son pantalon droit noir. Car même sans avoir jamais été présentée au prince, sa tenue aurait pu éveiller ses soupçons.

Elle balaya du regard la salle avant de se diriger vers le comptoir. L'éclairage était insuffisant, les clients louches et le sol sale. Pour couronner le tout, elle vit le barman transférer furtivement à l'un d'eux un petit paquet dont le contenu était, sans doute, de la drogue. Elle remarqua aussi une porte arrière qui, en plus d'être un second point d'entrée, pouvait servir à une sortie discrète en cas de descente de police ou de règlement de comptes.

Le barman servit une bière à Heather. Après avoir attrapé une poignée de serviettes en papier sur le comptoir, elle alla s'asseoir à une table dans un coin. Là, elle vaporisa du désinfectant sur les serviettes, nettoya la surface puis y posa son verre. Le prince Axel se croyait plus malin que son service de sécurité en s'imaginant passer incognito dans sa tenue colorée, mais s'il avait réussi à leurrer le chauffeur de taxi, elle l'avait immédiatement reconnu à sa démarche. Il y avait cependant peu de chances que les clients de ce trou à rat en fassent autant. Vu leur allure, ils ne devaient pas suivre de près l'actualité de la famille royale.

Axel se préparait à viser les boules avec sa queue de billard lorsqu'une serveuse très court vêtue lui apporta une bière qu'elle posa en gloussant sur le rebord près de ses doigts.

Un clin d'œil à l'appui, il la prit et la déplaça sur une table proche. Il flirtait !

Heather leva les yeux au ciel. Un superbe prince avec la personnalité d'un Casanova représentait un danger dans un tel bar. La dernière chose dont elle avait besoin était l'intervention d'un petit ami jaloux.

— Salut, ma belle.

Elle leva la tête. Son interlocuteur était grand, mince avec de longs cheveux blonds, des yeux bleus et un large sourire aux lèvres.

Ne voulant pas attirer l'attention sur eux, elle lui rendit son sourire.

— Salut.

— Tu cherches de la compagnie ?

Heather grimaça afin d'adoucir son refus.

— Non, j'ai eu une sale journée avec mon copain.

Rien de tel que la mention d'un petit ami pour se débarrasser d'un beau gosse qui se croyait irrésistible. Hélas, le stratagème ne marcha pas.

Sans attendre son invitation, il s'assit à sa table.

— Tu as peut-être besoin d'un vrai mec.

Quelle lourdeur !

— Ce dont j'ai besoin, c'est de vingt minutes seule pour déguster ma bière.

Il lui prit la main et en caressa la paume du pouce.

— Allez, viens avec moi en discuter dans un endroit tranquille.

— Non, franchement. Ça va.

— Et toi, *tu* me vas. J'adore tes longs cheveux et tes yeux verts.

Délaissant la subtilité, Heather répliqua :

— Je ne suis pas intéressée.

— Crois-moi, poupée, après un baiser, tu le seras vite.

— Non, déclara-t-elle fermement.

Ignorant sa réponse, l'homme se leva et essaya de l'attirer à lui.

Heather résista avec peine. Il était bien plus fort qu'il n'en avait l'air et s'il recommençait, elle serait obligée de déployer ses talents de garde du corps. Avant d'en arriver là, elle tenta de calmer le jeu.

— Arrête, je te l'ai dit, j'ai juste envie de boire ma bière en paix.

Son mouvement, sec, la prit par surprise. Dans la seconde suivante, il l'avait tirée de son siège.

— Et moi, je te dis que je peux te faire passer le meilleur moment de ta...

Sa phrase se termina dans un fracas, il venait de voler à travers la salle. Heather fit un pas sur le côté et découvrit alors le visage de son sauveur. Le prince Axel venait de catapulter son agresseur dans les airs.

Quelle poisse !

Il ne lui restait qu'une solution : minimiser la situation, filer et appeler son supérieur pour lui demander d'envoyer un autre garde la remplacer.

— Merci, je vais bien, il n'y a pas de mal, dit-elle en espérant le voir retourner à sa partie de billard.

— En êtes-vous sûre ?

Comme il dardait sur elle son regard bleu sombre sous les bords de son fédora, Heather réalisa qu'il risquait de la reconnaître car ils s'étaient croisés dans les couloirs quelques fois depuis son arrivée au palais deux mois auparavant. Filer au plus vite s'imposait.

À cet instant, du coin de l'œil, elle vit le beau gosse se relever, prêt à foncer sur le prince, et trois hommes du bar s'approcher de lui pour lui prêter main-forte.

Le sang de Heather ne fit qu'un tour. La situation était sur le point de sérieusement dégénérer. Soudain, être reconnue fut le cadet de ses soucis.

Attrapant le prince par le bras, elle le poussa sans ménagement vers la sortie arrière, espérant qu'elle n'était pas verrouillée.

— Filons.

Surpris, il se libéra.

— Où voulez-vous aller ?

Elle lui reprit le bras avec une fermeté professionnelle. Il n'était pas question qu'il lui échappe.

— Nous devons partir d'ici. Et vite.

Une fois à la porte, le prince l'ouvrit et s'engagea dans l'allée sombre. Les sachant poursuivis, Heather voulut le pousser pour le faire accélérer, mais se heurta à un mur de muscles. Elle le savait adepte de la salle de gym au palais, mais ne l'aurait jamais imaginé aussi fort.

Vif comme l'éclair, il fit volte-face.

— Qui êtes-vous ?

— Commandant Heather Larson, Votre Altesse, membre de…

— La garde royale, acheva-t-il à sa place avec un petit ricanement. Vous m'avez suivi.

— Votre sortie n'était pas aussi discrète que vous le pensiez.

Je n'avais pas envie de vous perdre, même si je ne suis pas affectée à votre sécurité. En fait, je ne suis en fonction que depuis deux mois.

Les quatre hommes sortant à ce moment, le prince lui saisit le bras.

— Partons avant que votre petit ami s'énerve et frappe l'un de nous.

Heather tenta de se libérer.

— Vous avez mal compris, je vous emmène à l'abri.

Au lieu de lâcher prise pour la laisser faire son travail, le prince chercha à prendre le contrôle de la situation. Dans leur courte lutte, il perdit son chapeau. Ses cheveux tombèrent sur ses épaules.

Désormais, il était reconnaissable. Aussi, faisant fi de la politesse, elle s'exclama :

— Foncez, bon sang ! Je dois vous mettre en sécurité.

— Sans blague, riposta le prince tout en s'élançant vers le parking. C'est vous qui devez me sauver ? N'oubliez pas que sans moi vous seriez encore aux prises avec l'indélicat jeune homme.

— Je l'aurais maîtrisé.

— Bien sûr, je n'en doute pas.

Ignorant le sarcasme car ils avaient atteint son véhicule tout-terrain, Heather le lui désigna.

— Montez.

— J'ai une voiture.

— Quelqu'un viendra la chercher.

Soudain, leurs poursuivants s'arrêtèrent, les fixant d'un air stupéfait. Le beau gosse parla alors :

— N'est-ce pas...

— C'est le prince Axel, déclara l'un des autres.

Heather déverrouilla les portières avant de pousser le prince :

— Montez dans cette voiture ! Ce n'est pas le moment de discuter.

2

Il sembla à Axel qu'à peine une seconde s'était écoulée entre l'instant où la superbe blonde l'avait poussé sans ménagement dans la voiture et celui où elle s'était installée au volant.

Heather Larson n'avait pas un physique de catcheur, mais en avait de toute évidence la force. Elle était plutôt grande – à vue de nez un mètre quatre-vingts – et de toute évidence musclée. Comment avait-il fait pour ne pas se souvenir de son joli visage avec ses yeux d'un vert lumineux et ses cheveux tombant en un rideau épais jusqu'à sa taille ?

Selon ses dires, elle travaillait depuis peu au palais, mais tout de même !

Elle démarra avant de se tourner vers lui.

— Que diable pensiez-vous faire en vous esquivant de la sorte ?

— Que diable pensez-*vous* faire en questionnant celui qui dirige votre service ?

Axel avait déjà eu des femmes pour garde du corps, mais aucune n'avait été aussi impertinente et autoritaire que celle-ci. Un manque total de sens du protocole ! Les premiers mots qui lui vinrent en tête à son sujet furent « garçon manqué », « rebelle » et « fautrice de troubles ». Pas du tout le style requis pour un membre de la garde royale.

Il l'observa à la dérobée. Elle avait ramené son regard sur la route et jetait de fréquents coups d'œil dans le rétroviseur. Bon travail. Donc, selon toute vraisemblance, une fille intelligente.

En attendant, elle l'avait suivi au lieu d'alerter son supérieur et s'était fondue dans la foule sans même lui faire part de sa présence. Alors, intelligente ou pas, elle ignorait les règles.

Estimant qu'elle avait eu largement le temps d'assimiler ses paroles, Axel reprit :

— Quand vous protégez un membre de notre famille, vous devez respecter le nouveau protocole que j'ai instauré. À savoir, si votre présence n'est pas prévue, vous lui annoncez votre arrivée. Apparemment, vous avez négligé cette mise à jour.

— Je n'avais rien prémédité. Je vous ai aperçu en train de quitter le palais et de prendre un taxi, rien que ça !

— Personne ne m'avait reconnu. Je fais toujours attention à ne pas l'être. Je sais même modifier ma voix.

— C'est génial. Mais je n'allais pas vous laisser…

— Me laisser faire quoi ? Être blessé quand, *en fait, vous n'êtes en fonction que depuis deux mois* ? demanda-t-il en imitant sa voix. Je n'aurais pas été blessé. Je suis déjà venu dans ce bar.

Et, soudain furieux de s'être fait surprendre par une nouvelle recrue, lui qui était si doué pour s'échapper, il asséna :

— Non seulement je ne vais plus pouvoir retourner là-bas, mais la personne que vous allez envoyer récupérer ma voiture saura qu'elle m'appartient. En conséquence, je ne pourrai plus l'utiliser.

— Achetez-en une autre.

— Facile à dire pour vous. Savez-vous combien il m'est difficile d'acheter une voiture et de trouver un garage où la cacher sans révéler mon identité ?

— Eh bien, c'est moi qui irai la chercher. Je laisserai la mienne au palais, prendrai un taxi jusqu'au bar et ramènerai la vôtre dans le garage. Vous n'avez qu'à me donner les clés des deux. Je reviendrai même au palais à pied, comme ça personne ne saura d'où je viens.

Cette précision calma presque Axel. Le garage était à trois kilomètres du palais. Pas assez loin pour l'épuiser, mais suffisamment pour lui donner le temps de regretter d'avoir enfreint le protocole.

— Très bien.

— Mais n'attendez aucune excuse de ma part pour avoir assuré votre sécurité.

Il tourna le visage vers la vitre pendant qu'elle ralentissait à l'approche du palais. Il s'était esquivé dans le but de se défouler et n'avait même pas eu le temps de le faire. Or voilà qu'il était de retour à son point de départ. Le besoin de démissionner de son poste le titilla de nouveau.

— Comme je vous l'ai dit, je connais ce bar pour y être déjà allé et je suis capable de me défendre.

— Si vous le dites.

Une vague d'indignation balaya Axel. Son père et son frère n'avaient aucune considération pour son travail et voilà qu'à présent un garde du corps lui manquait de respect.

Il décida alors que marcher trois kilomètres n'était pas une punition suffisante. Cette fille n'avait pas sa place dans la garde royale. Il allait devoir la licencier. Donc inutile de poursuivre la conversation.

Elle le déposa devant le portail réservé à la famille royale. Après lui avoir donné les clés de la voiture et du garage, Axel ferma la portière et entra dans le palais.

Encore vibrant de colère, il monta dans son bureau où il se servit trois doigts de bourbon avant de s'affaler sur le canapé face aux baies vitrées.

— Que fais-tu là ?

Il se tourna et vit Liam debout sur le seuil.

— Et en plus vêtu comme... un *touriste* ? Drôle de tenue. En tout cas, guère flatteuse pour eux.

En dépit de son humeur noire, Axel rit. Il aimait son frère. Et son père. Ni l'un ni l'autre n'avait voulu le faire se sentir inutile, il le savait. Mais il se sentait inutile et ne pouvait se débarrasser de cette idée.

Liam alla se servir un bourbon.

— Je suis désolé de ce que je t'ai dit tout à l'heure. J'étais simplement furieux contre papa.

— Je comprends.

Ce qui était vrai, mais son père et son frère lui faisaient ce genre de remarque avec un tel naturel que c'en était blessant. Ils y croyaient, sinon les mots ne leur seraient pas venus aussi facilement.

Et s'ils avaient raison ?

Il avait réorganisé son service, mis à jour les procédures et le protocole, licencié les mauvais employés pour en engager de meilleurs en remplacement. Son travail à la tête de l'administration du palais était peut-être terminé.

Pensant de toute évidence que leur petite altercation était oubliée, Liam déclara :

— À te voir dans cette tenue, je suppose que tu es sur le point de filer à l'anglaise.

Axel étant celui qui avait appris à Liam à faire le mur sans se faire prendre, il n'était pas surprenant qu'il ait d'emblée deviné.

— J'en ai à peine eu le temps. Un de nos gardes du corps m'a pincé.

Liam eut un petit rire.

— Tu les as bien entraînés.

— Celle-là ne l'est pas du tout, répliqua-t-il avant de prendre une gorgée de bourbon. Elle m'a suivi dans un bar où j'étais certain de ne pas être reconnu, alors qu'elle n'était pas de service, et m'a exfiltré *manu militari* par la sortie de secours.

Un éclat de rire secoua Liam.

— J'aurais payé pour voir ça.

— Je n'ai trouvé ça ni amusant ni approprié. Cette femme est un danger pour ceux qu'elle protège.

— Vraiment ? Comment a-t-elle fait pour devenir garde du corps dans ce cas ?

— C'est exactement ce que je me demande. Elle ne devrait pas l'être. J'ignore totalement pourquoi Russ l'a engagée.

Liam fronça les sourcils.

— Comment s'appelle-t-elle ?

— Heather Larson.

— Heather ! s'exclama-t-il, le visage soudain radieux avant de se rembrunir. Tu n'aimes pas Heather ?

— Non.

— Mais c'est notre meilleure garde ! Papa et Rowan l'adorent. Ils aiment surtout sa manière d'être avec leurs jumeaux.

Axel se renfrogna. Si son père l'aimait, la licencier devenait délicat. Quel que soit son rôle et celui de Liam à Prosperita, le roi avait toujours le dernier mot. Personne ne s'opposait à lui. Non pas parce qu'il était un monarque tyrannique, mais parce qu'il en était un consciencieux et travailleur qui méritait de voir le palais marcher selon ses souhaits.

C'était peut-être là un nouveau signe indiquant à Axel qu'il n'était pas à sa place à son poste actuel. Jusque-là, il avait pensé faire un travail remarquable, or soudain il remettait tout en question.

Ayant probablement remarqué sa mine maussade, Liam reprit :

— Je comprends que tu aies besoin de te détendre, mais

papa ne sera pas du même avis s'il apprend que tu es allé dans un bar. Je te suggère de ne pas en parler, en espérant que Heather n'en dira rien aux autres gardes.

— Elle doit rédiger un rapport.

— Vraiment ? Tu m'as dit qu'elle t'avait suivi sans en informer son supérieur. Si tu es gentil avec elle, elle gardera peut-être ton petit secret.

Liam finit son bourbon d'un trait et lança tout en gagnant la porte :

— Les cadeaux sont une bonne idée quand on veut obtenir une faveur.

Axel préféra ne pas répondre. Il n'était pas question qu'il récompense une mauvaise conduite par un cadeau. Surtout à une employée qui était sous ses ordres.

Mais cela le ramenait à son problème. Il avait peut-être choisi le mauvais poste pour servir son pays et le roi. Ou alors il avait abandonné sa vie de loisir pour le faire, alors qu'on n'avait pas besoin de lui, que ce soit à l'administration du palais ou ailleurs.

Le mardi matin, l'arrivée d'un message réveilla Heather. Encore à moitié endormie, elle attrapa son mobile, l'écouta et fit une grimace. Une convocation de son supérieur *sur-le-champ* dans son bureau n'augurait rien de bon.

Russell Krajewski avait dû lire son rapport. Même s'il n'approuvait pas la sortie nocturne incognito d'Axel Sokol, il devait encore moins aimer qu'elle ait omis de l'en informer immédiatement et ait suivi le prince sans se présenter au préalable – et de surcroît seule au lieu de requérir la présence d'un partenaire.

La panique la saisit, Russ allait la renvoyer après de telles entorses au protocole. Or pour ne rien arranger, elle risquait d'être en retard !

Mais à quoi bon se presser pour s'entendre ordonner de prendre la porte ?

À moins que Russ se contente de la réprimander. Après tout, si elle avait pris le temps de l'appeler pour expliquer la situation, Axel aurait disparu et ils ne l'auraient pas retrouvé.

Le souvenir de Maryanne Montgomery se séparant du groupe de représentants du Congrès dont elle assurait la protection en Afghanistan lui revint à l'esprit. Elle entendait encore le coup de feu, voyait encore l'expression déconcertée de Maryanne en s'écroulant au sol.

L'avoir perdue était la raison pour laquelle elle ne laissait jamais quiconque se séparer d'un groupe sous sa surveillance. S'écarter mettait en danger. Menait certains à la mort. En voyant le prince partir, sa réaction avait été instinctive, elle avait fait ce qu'elle aurait dû faire lorsque Maryanne s'était éloignée.

Heather respira profondément pour chasser ce souvenir. Les regrets ne diminuaient pas sa faute. Elle aurait dû appeler Russ, demander du renfort et prévenir le prince de sa présence dans le bar. Donc une réprimande était méritée. Force lui serait d'écouter la semonce, de s'excuser et de se repentir pour garder le poste qu'elle adorait. Après leur accrochage, Axel ne voudrait plus la voir dans les parages, mais elle pourrait être attachée au service du roi, de sa femme, de leurs adorables jumeaux de dix-huit mois, du prince Liam ou des parents du roi.

Les Autorités ne manquaient pas au palais.

Forte de ce raisonnement, Heather se leva d'un bond et fila dans la salle de bains. Elle adorait l'ambiance rustique de son chalet avec ses hauts plafonds, ses poutres apparentes et ses cheminées, mais après avoir signé l'acte d'achat elle avait fait rénover la salle de bains et la cuisine, deux pièces où modernité et confort lui étaient indispensables. Cette maison entourée de quatre hectares de prairies et forêts et située à quarante minutes de la ville était devenue son foyer, l'oasis de calme et d'intimité dont elle avait toujours rêvé.

Après cinq ans à s'être sentie à la dérive à la suite de la séparation avec son mari infidèle, elle avait enfin trouvé un foyer – ou plutôt l'avait créé. Les coureurs de jupons, les menteurs et ceux aux yeux de qui elle n'arriverait à rien n'y étaient pas les bienvenus.

Sauf peut-être le prince Axel. Même si le fait qu'elle soit allée au-delà de son devoir en le suivant ne l'avait pas impressionné. Probablement parce qu'elle lui avait gâché sa soirée de plaisir.

Une vision de lui en train de sourire à la serveuse court vêtue s'imposa à son esprit, puis celle de son chapeau s'envolant pendant leur course vers la voiture. Heather sourit béatement. Cet homme était à croquer et avait un corps sublime. Sans parler de sa voix ! Il avait fait du charme à la serveuse, et alors ? Il passait juste un bon moment. Elle s'en voulait un peu de l'en avoir privé car il avait l'air d'avoir besoin d'évacuer du stress.

L'évidence lui apparut soudain.

Ciel ! Il lui plaisait ! Rien d'étonnant vu son physique. Mais de là à regretter son intervention, non. Il n'avait nul besoin de son empathie. Et pas question d'avoir un faible pour un prince qui l'avait réprimandée pour avoir effectué son travail. Ils étaient ennemis, un point c'est tout.

Sa douche prise, Heather s'habilla, se prépara un thermos de café à boire pendant le trajet, attrapa un muffin et quitta le chalet.

Quarante minutes plus tard, assise dans la salle d'attente du bureau de Russell Krajewski, elle admirait la solennité de l'endroit. Des fauteuils sobres, sur les murs blancs : une série de portraits des rois et des reines qui s'étaient succédé sur le trône, et un sol en marbre étincelant sous le soleil matinal qui entrait par les fenêtres donnant sur le poste de garde du grand portail. Personne ne pouvait entrer dans le palais sans échapper au regard du chef de la sécurité.

Heather aimait le fait que Prosperita ait un véritable palais, un roi, et des traditions pleines d'apparat. Travailler ici lui donnait l'impression de participer à l'Histoire.

— M. Krajewski va vous recevoir, mademoiselle Larson, dit Emily Grant, la secrétaire de Russ, en lui faisant signe de la suivre.

Espérant toucher au moins une indemnité de licenciement, elle se leva et emboîta le pas à Emily.

Dès son entrée dans son bureau, Russell Krajewski, un homme trapu dont les cheveux bruns viraient au gris avec l'âge, leva la tête.

— S'il vous plaît, asseyez-vous, Heather. Ça sera rapide, je vous le promets. Votre rapport m'a perturbé. Seul le fait que vous ayez réagi assez rapidement pour éviter des conséquences funestes m'a empêché de rapporter la conduite du prince Axel à son père. Donc gardons l'incident entre nous. N'en parlez à personne.

Une vague de soulagement déferla sur Heather. Elle n'était pas renvoyée.

— Bien sûr, comptez sur ma discrétion.
— Désormais, je vous affecte à sa protection.

Son soulagement s'évapora, faisant place au désarroi.

— Je ne crois pas que ce soit une bonne idée.
— Moi, si. Le prince Axel avait l'habitude de nous jouer de pareils tours pendant son adolescence. Nous pensions que ça lui avait passé, mais visiblement ce n'est pas le cas.

Or vous êtes la seule à l'avoir pris en flagrant délit. J'ignore si c'est parce que vous vous êtes trouvée au bon endroit au bon moment, ou si votre passage dans l'armée vous a dotée d'un sixième sens, mais je veux que vous le surveilliez non-stop.

— Pardon, non-stop ?

— Oui. Mes états de service sont irréprochables dans ce métier, or une de ses escapades risquerait de les ternir. Je prends ma retraite dans six mois. À vous de le surveiller comme le lait sur le feu afin de me permettre de terminer ma carrière en beauté.

— Ne vaudrait-il pas mieux m'affecter à la protection du roi ou du prince Liam ? Le prince Axel est furieux contre moi pour lui avoir gâché sa soirée.

Russell Krajewski gloussa.

— Je m'en doute. Il le sera plus encore en apprenant que vous le suivrez désormais pas à pas. Vous êtes capable de gérer sa colère. Et vous savoir sur son dos le calmera. Ce sera tout. Adressez-vous à Gina Fulton pour votre nouvel emploi du temps.

Aussi consternée que stupéfaite, Heather se leva. Le prince allait être carrément enragé d'apprendre qu'elle avait été choisie parce qu'elle comprenait comment il fonctionnait.

Tout en gagnant le bureau de Gina Fulton, elle envisagea de démissionner. Hélas c'était impossible si peu de temps après avoir acheté un chalet dans cette île et fait refaire la cuisine et la salle de bains. L'emprunt à rembourser était conséquent.

Prendre possession de son nouvel emploi du temps n'apaisa pas son angoisse. Elle devait commencer son service auprès du prince Axel le matin même.

Dans les minutes suivantes, en fait.

Se dissimuler à sa vue derrière les autres gardes serait difficile avec son mètre quatre-vingts, songea-t-elle avec amertume.

Dans l'aile des cadres, Ron Wilson, le responsable de la sécurité d'Axel, l'attendait.

— Le prince travaille dans son bureau en ce moment. Nous devons donc surveiller le couloir. Nous n'entrons dans son bureau qu'à sa demande.

Heather prit donc place d'un côté de la porte ouverte donnant sur l'espace de travail de l'assistante et du personnel d'Axel, Ron de l'autre. De son poste, elle voyait à la fois l'intérieur du service et le couloir. Il y avait peu de passage à cette heure de la journée, aussi elle en profita pour observer les lieux et prendre mentalement note des endroits d'où pouvait survenir un danger. C'était cela aussi, le travail de garde du corps. Passer des heures debout à attendre que quelque chose de sérieux arrive tout en priant pour que ce ne soit pas le cas.

Sur ces entrefaites, le prince sortit de son bureau, un paquet de documents à la main. Lorsqu'il la vit, ses yeux se plissèrent avant de lancer des éclairs. Il marcha droit sur elle.

— Êtes-vous perdue, mademoiselle Larson ?

Le protocole voulant que les gardes ne parlent à un membre de la famille royale que si celui-ci s'adressait directement à eux, Heather répondit :

— Non, Votre Altesse, je suis à mon poste.

Les yeux du prince se plissèrent davantage. Ron, ignorant la raison de la tension entre eux, précisa :

— C'est la nouvelle garde affectée à votre protection, Monsieur.

Axel la fusilla du regard. Le cœur de Heather se mit à tambouriner dans sa poitrine. Même furieux, il était séduisant à l'extrême. Mais admirer son physique ne faisait pas partie des attributs de son poste, elle ferait bien de s'en souvenir. Même si c'était la seule chose qui lui plaisait chez lui. Cet homme était son ennemi.

— Vous et moi devons discuter, finit-il par lui dire.

Sa voix seule suffit à la faire frissonner. Pourquoi diable fallait-il qu'il soit si beau avec son visage parfait et ses yeux qui semblaient pénétrer l'âme.

En un éclair sa résolution de le détester la déserta. Puis elle comprit. Le charisme d'Axel était tel qu'on fondait immédiatement devant lui. Donc elle n'éprouvait qu'une attirance logique. Il ne lui plaisait pas autrement. Ce n'était qu'une réaction hormonale. Oui, mais ces hormones étaient sacrément puissantes.

Lui indiquant l'entrée de son bureau, il ajouta :

— Suivez-moi.

Après avoir fermé la porte, il contourna sa table de travail, puis lui fit signe de s'asseoir.

Elle obéit, heureuse de pouvoir soulager ses jambes tremblantes.

— Vous avez fait un rapport sur votre intervention la nuit dernière ?

— Bien sûr. Vous m'avez reproché de ne pas respecter le protocole. Je n'allais pas enfreindre une nouvelle règle.

— Je pensais que mon accord donné à votre proposition d'aller récupérer ma voiture pour la ramener dans mon garage privé vous aurait permis de comprendre que nous devrions garder pour nous les événements de la soirée.

— Connaissant votre dévotion maniaque au protocole, certainement pas.

Le prince secoua la tête en soupirant avant de se renfoncer dans son fauteuil.

— Vous serez cependant heureux d'apprendre que Russ a décidé de conserver mon rapport dans son bureau. Votre secret est en sécurité. À six mois de la retraite, il ne tient pas à ternir ses états de service irréprochables jusque-là.

— Dans ce cas, pourquoi vous a-t-il affectée à ma personne ?
— Il semble penser que mon expérience me rendant particulièrement vigilante, vous ne serez plus capable de filer à l'anglaise, ce qui assure sa tranquillité jusqu'à la retraite.

Le prince fronça les sourcils.

— Votre expérience est celle de la guerre.

Heather se sentit mal à l'aise. Ce commentaire indiquait qu'il avait lu son dossier.

Le souvenir de son passé et de Maryanne Montgomery s'imposa de nouveau à elle.

— Mon principal travail était d'assurer la protection des dignitaires, politiciens et personnes de leur entourage en visite. Ces gens-là ayant en général vu la guerre seulement à la télévision ou dans les films, surveiller leur moindre pas est indispensable.

Axel se redressa dans son fauteuil. Russ avait raison. Son entraînement la rendait vigilante. Il ne pourrait pas faire le mur sous sa surveillance. Il observa le visage de Heather. À la lumière du jour, elle était plus que belle. Elle était éblouissante avec le feu brillant dans ses yeux verts. Dommage que son épaisse chevelure soit rassemblée en queue-de-cheval.

Son attirance de la veille refit surface. Hélas, il n'était pas question d'y céder quand son objet était une de ses employées.

C'était d'ailleurs parfait car cette fille était dangereuse.

Il se leva.

— Ce sera tout.

— En êtes-vous certain ? Pas de règles ou d'entraînement supplémentaires, vu que vous me considérez comme un poids léger ?

Axel se retint de rire. Loin de l'irriter, son impertinence

l'amusait énormément. Peut-être parce que leur rencontre la veille en d'inhabituelles circonstances avait créé entre eux un lien particulier.

— Non, rien de plus. Souvenez-vous simplement d'une chose : vous me surveillez, mais moi aussi je vous aurai à l'œil.

Elle se leva à son tour avant de déclarer tout en le regardant droit dans les yeux :

— Attention, Monsieur. Je pourrais croire que vous avez le béguin pour moi.

— Je... Je n'ai certainement pas le béguin pour vous ! répliqua-t-il, se maudissant d'avoir bafouillé.

Il avait envie de coucher avec elle, mais ne s'était pas entiché d'elle. Le lui dire mettrait peut-être un terme à son impertinence envers lui.

Non, c'était trop risqué. Cette fille avait réponse à tout.

— Vous pouvez disposer, se contenta-t-il de dire.

— Je serai derrière cette porte si vous pensez à une règle supplémentaire pour moi.

Axel attendit qu'elle soit sortie pour laisser libre cours à sa frustration. Il allait informer Russ de la manière dont elle lui parlait et pourrait même lui demander de la réaffecter. Mais à quoi bon ? Si son chef de sécurité voulait le voir se tenir à carreau afin de terminer sa carrière en paix, il ne se laisserait pas fléchir.

Cela lui ramena en tête son idée de démissionner pour reprendre sa vie de rebelle. S'il était incapable de s'esquiver pour décompresser, il allait finir par déprimer.

Une autre idée germa aussitôt. Ayant acquis au cours de son adolescence un don pour trouver les failles dans le système de sécurité, il pouvait l'utiliser de nouveau.

Le tout était de s'assurer que Heather n'était pas d'astreinte les soirs où il voulait sortir. Il devrait aussi cesser de lui parler, surtout de lui fournir l'occasion d'être effrontée, et ne pas rire si elle l'était.

Et cesser de regarder ses yeux envoûtants et ses beaux cheveux.

Pourquoi avait-il fallu que, de toutes les femmes, on introduise dans sa vie une superbe garde du corps hyper-zélée ? Bien sûr, s'il démissionnait et redevenait le prince rebelle, ce ne serait plus le palais qu'il devrait quitter en douce, mais des hôtels. Et il n'aurait pas à se soucier d'une surveillante archi-consciencieuse.

Quel choix étrange. Abandonner son poste et redevenir frivole, ou rester à la tête de l'administration en sachant que les personnes qu'il protégeait ne reconnaissaient pas son travail.

En proie à ce dilemme qui l'empêchait de travailler, Axel décida de partir. Il ne réfléchissait nulle part mieux qu'en courant.

Il entra donc dans la salle de bains contiguë à son bureau, enfila un bas de survêtement et un T-shirt, puis fila par une porte dérobée.

3

Heather, debout dans le couloir face à Ron, le vit soudain tapoter son oreillette, puis l'entendit dire :

— Bien reçu. Merci, Russ.
— Qu'y a-t-il ?
— Le prince est sur la piste de course.

Elle fronça les sourcils. Le terrain était clôturé, des gardes étaient en faction à proximité, et il y avait des caméras. Si Russ ne leur ordonnait pas de le suivre, c'est qu'il n'était pas inquiet.

Mais Axel pouvait avoir un autre moyen de locomotion dissimulé quelque part et sortir du palais. Il serait alors hors d'atteinte pour un temps indéterminé. Était-elle prête à prendre le risque de le perdre après avoir été chargée de ne pas le lâcher d'une semelle ?

Il allait lui en vouloir à mort, mais elle avait vu de trop près à quoi s'exposait une personne qui enfreignait le protocole pour partir seule.

Elle soupira puis déclara à Ron :

— Nous devons le suivre. Je l'ai vu à l'œuvre. Ne me demande pas d'explication, crois-moi sur parole. Ni toi ni moi n'avons envie de perdre nos galons. Il est capable de nous fausser compagnie.

Ignorant l'escapade de la veille du prince, Ron répliqua surpris :

— Vraiment ?

— Oui. Reste ici si tu veux, mais je vais changer de tenue et le rejoindre.

— Bon sang ! Je descends le surveiller en attendant ton arrivée.

— Parfait.

Ron partit en courant tandis qu'elle filait au vestiaire et, comme la veille, ôtait sa veste et sa chemise pour ne conserver que son débardeur, puis troquait son pantalon contre un short et ses chaussures contre une paire de tennis avant de filer vers la piste de course.

À vingt mètres derrière le prince, Ron ralentit en la voyant. Se doutant qu'il devait transpirer dans son costume, Heather lui fit signe d'aller rejoindre les bureaux climatisés. En quelques foulées, elle arriva à la hauteur d'Axel.

— Belle matinée pour un jogging.

— Vous ici ! Je ne peux même plus faire un peu d'exercice seul, maintenant ?

Le souvenir de Maryanne Montgomery remonta à la mémoire de Heather. Une perte qui l'avait anéantie pendant des mois. C'est pour cela qu'elle avait suivi le prince hors du palais la veille, avait fait un rapport, et ne croyait pas un mot qui sortait de sa bouche. Elle ne voulait jamais revivre une telle tragédie.

Et elle n'avait pas besoin de lui expliquer ses raisons. Il avait lu son dossier, connaissait son passé, donc était capable de comprendre.

— Non, pas seul. Pas question que j'enfreigne la moindre règle.

— J'aurais mieux fait d'aller dans la salle de gym.

Toujours au même niveau que lui, Heather jeta un coup d'œil aux arbres au feuillage fourni et aux massifs de fleurs autour de la piste, puis au ciel d'un bleu azuréen.

— Ce serait dommage d'être enfermé par un si beau temps.

Pour toute réponse, Axel ricana.

— Sans compter que je vous aurais suivi dans la salle de gym.

— Génial.

— Je sais que cette surveillance constante vous enrage, mais c'est vous qui l'avez déclenchée en sortant en catimini hier soir, d'où notre manque de confiance en vous. C'est vous aussi qui avez insisté sur le respect du protocole. Je me sens donc obligée d'être sur votre dos en permanence.

Axel soupira.

— Vous ne pouvez pas me le reprocher, ajouta-t-elle.

— J'imagine que non.

Son approbation inquiéta Heather.

— Vous entendre être d'accord avec moi me pousse à penser que vous mijotez quelque chose, dit-elle tout en jetant un rapide coup d'œil alentour. La clôture est trop haute pour que vous la franchissiez. Bien sûr, vous pourriez avoir une voiture garée près d'un portail.

— Je n'en ai pas ! J'ai pris un taxi hier, vous vous en souvenez ?

— Vous dites peut-être cela pour endormir ma méfiance.

— Allez-vous douter de tout ce que je dis ? demanda-t-il visiblement stupéfait.

— Probablement. Détourner l'attention est le plus sûr moyen d'arriver à ses fins.

Axel soupira.

— Vous serez bien obligée de me faire confiance, à un moment donné.

— Je crains que non.

Il soupira de nouveau.

— Vous feriez mieux de vous habituer à ma présence à vos côtés.

Axel regarda Heather. Son débardeur bleu pâle mettait en valeur sa blondeur et faisait paraître le vert de ses yeux encore plus lumineux. Il n'avait pas osé laisser son regard dériver sur ses jambes, mais il était sûr qu'elles étaient parfaites, comme tout le reste d'elle.

Il était cependant frustrant de ne pas avoir le droit de le remarquer. En plus, elle l'empêchait de réfléchir avec son bavardage ininterrompu. Et pire, semblant avoir un sixième sens, elle devancerait toujours ses idées d'évasion.

— Vous deviez être une terreur à l'école.

Elle rit.

— Non, j'étais plutôt du style petite souris. En revanche, à la maison j'étais toujours sur le qui-vive. Je n'avais pas de sœur, mais cinq frères. Ils m'ont joué des tours jusqu'à ce que j'aie appris à leur en jouer de pires et sois devenue celle qui menait la danse chez nous.

Axel ricana.

— J'en ai fait autant avec Liam.

— Liam ! s'exclama-t-elle, ébahie. Un si gentil garçon ! Comment avez-vous pu le tourmenter ?

— Il était une cible facile, et je m'ennuyais.

Ils finirent leur second tour de piste, puis Axel s'arrêta et posa les mains sur ses genoux pour reprendre son souffle.

— Ça suffira pour ce matin.

Lui indiquant alors une porte en bois discrète dans le mur en pierres, il ajouta :

— Pour info, je vais rentrer dans mon bureau par le couloir

derrière cette porte et irai directement me doucher dans ma salle de bains privée. Vous voulez regarder ?

Les joues de Heather virèrent au rouge.

— Non, je ne veux pas regarder. Mais, *pour info*, sachez que je ne vous croirai pas toujours quand vous me direz où vous allez. N'imaginez pas qu'appliquer quelques fois le programme que vous annoncez suffira à gagner ma confiance et vous permettra ensuite de me fausser compagnie à la première occasion.

— Je ne ferais...

Elle lui intima le silence d'une main levée.

— Cinq frères, vous vous en souvenez ? Je ne vous ferai jamais confiance.

Là-dessus, elle s'éloigna vers le mur en pierres, puis se retourna et lui fit signe de la suivre.

Elle avait donc l'intention de l'accompagner jusqu'à l'entrée.

Heather étant décidée à ne jamais lui faire confiance, s'il voulait réfléchir à ses problèmes en paix, il devrait probablement le faire dans l'intimité de sa salle de bains.

Axel passa le reste de la journée à son bureau à lire des rapports. Lorsqu'il le quitta, peu après 16 heures, il se prépara à une nouvelle prise de bec avec Heather, mais elle n'était plus là. Deux nouveaux gardes se tenaient en faction dans le couloir. Elle avait donc dû terminer son service après ses huit heures réglementaires. Il s'abstint cependant de le demander à ceux qui les avaient remplacés, elle et Ron.

Après avoir fait une petite sieste dans son appartement, il s'habilla pour la soirée. Son père et son épouse, Rowan, adoraient les galeries d'art et devaient présider dans l'une d'elles une collecte de fonds destinée à un hôpital pour enfants. Liam et lui étaient tenus d'y assister. Cela ne l'embêtait pas. Dans la mesure où il était sur le point de démissionner, il pourrait rester dans l'ombre, réfléchir et décider si être lié en permanence à Prosperita lui convenait, ou s'il l'avait simplement accepté afin d'effectuer le travail qu'il croyait indispensable pour sa famille.

Bien sûr, il devrait aussi examiner l'autre orientation à donner à sa vie. Pour ce faire un voyage serait parfait. Il pourrait aller à Monaco, s'offrir une tournée des casinos, peut-être une aventure...

Son train de pensée s'arrêta brusquement.

Avec Heather comme garde du corps sur ses talons ?

Probablement car Russ ne manquerait pas de la désigner pour l'accompagner, et elle ne le lâcherait pas d'une semelle.

Qu'à cela ne tienne. Il apprendrait à l'ignorer.

Oui. Il l'ignorerait. Tout l'intérêt d'envisager ce que serait sa vie s'il abandonnait son poste au palais était d'en faire l'expérience. Un garde du corps en ferait partie.

Son smoking enfilé, Axel, à qui l'idée d'une escapade de quelques jours à Monaco avait remonté le moral, rejoignit d'un pas guilleret la limousine qui l'attendait. Il était peut-être temps pour lui de passer les rênes de l'administration du palais désormais réorganisée et mise au goût du jour, puis de reprendre sa vie de loisir.

Le chauffeur lui ouvrit la portière.

— Bonsoir, Monsieur.

— Belle soirée, Leo, lui fit-il remarquer d'un ton joyeux.

— Oui, Monsieur, en effet.

En prenant place sur la banquette arrière, Axel cilla. Heather y était déjà assise.

— Que faites-vous ici ?

— Mon travail.

— Vous avez déjà travaillé toute la journée !

— Oui, mais Russ a jugé bon que je vous accompagne à

cette soirée. Histoire de vous tourmenter, comme j'ai pris goût à le faire.

Axel aurait trouvé la réflexion amusante, mais la situation commençait à devenir ridicule.

— Cet événement est important pour mon père et ma belle-mère. Je ne vais pas filer en douce.

— Voilà que vous essayez de nouveau d'endormir ma méfiance, répondit Heather en riant. Je vous l'ai déjà dit, et vous le répète : cinq frères, rien de tel pour me doter d'un sixième sens.

Il soupira, acceptant son destin. Qu'il travaille au palais ou redevienne le prince rebelle, un garde du corps lui serait toujours affecté.

— Bien.

— Vous n'avez pas à vous inquiéter de me voir gâcher votre soirée, vous ne remarquerez même pas ma présence.

— Vous en profiterez pour manger quelques amuse-bouches et boire une coupe de champagne ?

— Si c'était le cas, croyez-vous que je le dirais au patron de mon patron ?

Non, elle était trop maligne pour ça. Bizarrement, il la respecta. S'il prenait du recul et la considérait seulement comme une employée, elle était probablement la meilleure dans sa spécialité. Et s'il regardait son propre comportement sous la perspective de la personne chargée d'assurer sa sécurité, force lui était d'admettre qu'il avait besoin d'une surveillance renforcée.

Surtout dans son état d'esprit actuel.

Un long silence s'installa dans la limousine. Envisageant mal de le voir se poursuivre pendant tout le trajet, Axel finit par le rompre.

— Donc, vous étiez la seule fille face à cinq garçons ?

— Oui, mais avec ma mère nous étions deux contre le reste de la famille.

Il rit.

— Et vous ? Quel effet cela fait-il d'être né prince et de grandir dans un palais ?

Axel ne sut dire si Heather détestait autant le silence que lui, ou si elle était devenue assez familière avec lui pour penser qu'une conversation entre eux était naturelle. Quoi qu'il en soit, il avait envie de discuter. Il aurait pu lui répondre que c'était très amusant jusqu'au jour où il s'était retrouvé flanqué d'une certaine femme garde du corps qui s'obstinait à le suivre pas à pas, mais il était las de ce genre de réparties futiles. Une véritable discussion leur permettrait peut-être de trouver un terrain d'entente, un point commun, et de faire une sorte de paix.

— Être prince a des côtés formidables, mais d'autres sont horribles. Lorsque ma mère est décédée, j'ai eu l'impression de vivre sous un microscope. Si je pleurais, on sous-entendait que j'étais faible. Si je ne pleurais pas, c'est que j'étais incapable de sentiments.

— Ça a dû être pénible.

Il apprécia qu'elle le comprenne. Toutefois, parler de cette période lui en fit revivre l'intensité. Voir le moindre de ses actes disséqué avait été un vrai calvaire. Au fil des années, il s'y était habitué, avait appris à dissimuler ses émotions, et à être le prince rebelle dont les journaux adoraient relater les faits et gestes. Il avait si bien réussi qu'il en était arrivé à ne plus avoir de réelles émotions. C'était parfait étant donné qu'il ne voulait pas exposer une femme à l'examen minutieux auquel étaient soumis les membres de la famille royale. Il avait des maîtresses, bien entendu, mais ses aventures étaient si brèves que, si par hasard la presse apprenait le nom de sa compagne, elle avait déjà disparu de sa vie.

En réalisant combien son existence était devenue superficielle, Axel se demanda si ce n'était pas la raison de son soudain malaise.

Mais peu importait. Il garderait cette conversation légère et amicale, car c'était ce qu'il faisait toujours. C'était ainsi qu'il survivait.

— Ne m'en parlez pas. J'étais un adolescent devenu matière à ragots. C'est ma pire expérience. Ça m'a fait grandir plus vite.

— Si j'en juge par votre comportement ultérieur, on dirait que cela vous a aussi rendu indifférent à ce que les gens disaient.

Il salua en son for intérieur sa perspicacité. Même si elle ne comprenait peut-être pas totalement la vie d'un membre de la famille royale, Heather avait deviné le fond du problème.

— C'est vrai.

Le silence retomba entre eux. Axel lui jeta un coup d'œil discret. Elle avait connu la guerre et avait établi sa place dans une fratrie de cinq frères. Il avait besoin d'en savoir plus s'il devait trouver un terrain d'entente et faire la paix.

— Parlez-moi de votre enfance.

— Les journalistes ne surveillant pas chacun de mes faits et gestes, j'ai pu tourmenter mes frères tout à loisir.

Il rit.

— Tourmenter les gens semble faire partie de votre personnalité, mais il y a sûrement plus.

Comme elle ne répondait pas, il insista :

— Allons, ma vie est totalement entre vos mains, et je vous ai raconté le pire qu'il me soit arrivé.

Elle soupira.

— D'accord, si vous cherchez à rétablir la balance en me demandant de vous confier un fait aussi important de ma vie, je dirai que perdre Maryanne Montgomery a été ma pire expérience.

Ayant lu son dossier, Axel savait qu'il s'agissait d'une personne sous sa surveillance ayant échappé à sa vigilance. Qu'elle ait compris le sens de sa requête l'étonna, mais il fut étrangement content qu'elle ait eu assez confiance en lui pour partager cette histoire douloureuse.

— L'assistante des membres du Congrès ?

Elle hocha la tête.

— Les diplomates ont l'habitude d'avoir des gardes du corps et de respecter les ordres concernant la sécurité. Leurs assistants sont si concentrés sur leur travail, la prise de notes et le fait de devoir anticiper leurs désirs qu'ils oublient parfois nos règles et s'éloignent du groupe pour répondre à un appel téléphonique.

— Vous avez été complètement innocentée.

— Je sais, répondit-elle. Mais cela n'a pas rendu la vie à Maryanne.

— Elle a fait un choix.

Heather eut un petit rire.

— C'est pourquoi je ne vous laisserai pas faire les vôtres.

Axel savait qu'elle cherchait à détendre l'atmosphère, mais lut la tristesse dans ses yeux verts. En cet instant, elle n'était plus la personne affectée à sa sécurité. Mais quelqu'un qui avait subi une terrible perte. Il compatit à sa peine.

Comme le silence retombait, Axel eut envie de lui prendre la main afin de lui montrer son empathie. Il s'en abstint. Ils n'étaient pas amis.

Mais il aurait aimé qu'ils le soient, réalisa-t-il soudain. Sa beauté dissimulait sa profondeur. Peu d'hommes devaient s'en rendre compte. Elle ne ressemblait à aucune femme qu'il ait rencontrée jusque-là.

Dans l'intimité de la limousine, son attirance pour Heather se réveilla avec force, doublée d'un besoin de se confier totalement comme cela ne lui était jamais arrivé. Il se demanda quel effet cela ferait d'exprimer ses sentiments sans réserve.

Cette pensée le stupéfia.

C'était exactement ce que son père avait trouvé avec Rowan. Une égale. Quelqu'un avec qui il pouvait être lui-même. Il l'avait perçu dès l'instant où le roi avait rencontré la reine actuelle, mais ne le comprenait qu'à présent.

Leo arrêta la limousine devant l'entrée de la galerie. Un valet ouvrit la portière à Axel. Une fois descendu, il le reconnut comme l'un des hommes de la garde royale. Encore une chose qu'il avait faite pour améliorer la sécurité. Les gardes occupaient parfois des positions d'employés. Cela leur permettait de garder l'œil ouvert au cœur de l'action afin de protéger son père et son frère.

Il fut heureux de cette réussite, mais se souvint qu'elle n'impressionnait pas ces deux derniers. Son sentiment d'être insignifiant fondit à nouveau sur lui. S'efforçant de le surmonter, Axel tendit à main à Heather pour l'aider à descendre de voiture. Comme elle la saisissait, leurs regards se rencontrèrent. En un éclair, ses doutes concernant son poste, sa place dans le monde et la futilité de sa vie disparurent, laissant place à une merveilleuse sensation. Son besoin de la voir perdurer le poussa à vouloir l'explorer.

Les sentiments de son père pour Rowan étaient-ils nés d'un besoin de la vie simple et réelle qu'elle lui avait montrée ?

Une fois Heather sur le trottoir, il lui lâcha la main. Deux autres gardes affectés à son service l'entourèrent pour l'escorter jusqu'à la porte d'entrée. Elle suivit, trois pas derrière lui.

Il éprouva une sensation de perte mais, connaissant le but de la manœuvre, sourit aux reporters tout en leur adressant de petits signes tandis que les appareils crépitaient. D'autres photographes l'attendaient à l'intérieur de la galerie.

Axel embrassa sa belle-mère. Rowan était resplendissante dans un fourreau violet à fines bretelles mettant en valeur sa peau à la blancheur d'albâtre, et avec ses cheveux auburn relevés en un chignon élaboré.

Son père et elle évoquaient parfois ensemble les fourreaux violets avec des mines de conspirateurs, sans jamais partager la plaisanterie. Il envia soudain leur complicité, ce qui renforça son sentiment de vide existentiel. Son père et Liam ne comprenaient ni son travail ni l'importance à ses yeux de s'être façonné une place dans le palais. Sa mère n'était plus. Bien sûr, il aimait beaucoup Rowan, comme ceux qui la rencontraient. Cette femme chaleureuse et affectueuse avait réinsufflé de la vitalité dans leur famille. Quant à son demi-frère et sa demi-sœur, c'étaient des cadeaux de Dieu.

Pourtant, aussi parfaite que paraisse sa vie, la pensée qu'il s'efforçait d'ignorer depuis le décès de sa mère se manifesta de nouveau.

Il était seul.

4

Tout en se fondant parmi les invités à la réception, Heather réfléchissait à sa conversation avec le prince. En lui parlant de Maryanne Montgomery, elle avait pensé rétablir la balance de la franchise sans cependant trop se dévoiler puisqu'il avait déjà lu son dossier.

En fait, elle s'était confiée à lui comme s'il avait été son ami. Or, non seulement elle ne pouvait pas lui faire confiance, mais en plus il faisait partie de la famille royale. Aucune amitié n'était donc possible. De toute manière, qu'auraient-ils pu avoir en commun ?

Un autre point la troublait. D'ordinaire, les hommes trop beaux ne l'attiraient pas, pourtant le prince Axel la faisait vibrer dès qu'elle se trouvait à proximité de lui. Ce devait être son côté ténébreux si séduisant. Force était de le reconnaître, il était plus que beau. Ce diable d'homme était sublime !

Quoi qu'il en soit, au cours de leur conversation dans la limousine, elle avait senti que quelque chose le tourmentait. Elle aurait aimé qu'il s'ouvre davantage, mais il avait changé de sujet pour la questionner sur sa vie. Revenir à la sienne lui avait été impossible car ils étaient arrivés à la galerie.

Il lui avait toutefois tendu la main, et elle l'avait prise. Un frisson lui avait alors parcouru le bras, doublé d'un sentiment d'intimité entre eux. Était-ce parce qu'ils avaient partagé, lui un souvenir de sa mère, et elle le moment le plus douloureux de sa vie, ou bien parce qu'ils se comprenaient ?

L'un ou l'autre, peu importait. Heather devrait éviter ce genre de discussion à l'avenir. Cesser aussi d'admirer son corps en secret.

Décidée à l'éloigner de ses pensées, elle prit son quart d'heure de pause et sortait du cabinet de toilette lorsque Russ vint à sa rencontre.

— Eddie Farnsworth a fini son service. Allez le remplacer. Il est dans la salle d'exposition principale.

Heather alla prendre son poste. Deux bonnes heures plus tard, elle y était toujours. La soirée commençait à lui paraître longue. Le roi et la reine passaient de toute évidence un bon moment. Ils discutaient et riaient avec les invités, dont beaucoup semblaient être leurs amis. Parfois, Axel se joignait au même cercle qu'eux, de bonne humeur lui aussi, pourtant elle remarqua une certaine distance entre lui et eux. Entre lui et Liam également. S'efforçant de cesser de s'intéresser à son comportement en famille, elle se concentra sur sa sécurité et scruta la salle.

Russ vint prendre sa relève le temps d'une nouvelle pause. Heureuse de se dégourdir les jambes, Heather sortit. À l'arrière, la galerie donnait sur un jardin au bord d'un lac. Elle s'adossa à la clôture, puis inspira profondément l'air parfumé nocturne.

— Je croyais que vous étiez chargée de me surveiller.

La voix d'Axel la surprit agréablement, un sourire lui monta aux lèvres lorsqu'il s'appuya d'une épaule à côté d'elle. Elle le réprima aussitôt. Elle n'était pas censée être heureuse de le voir.

— Il y a une véritable armée de gardes à l'intérieur. Vous êtes en sécurité.

— Vous ne craignez pas que je file en douce ?

— Vous aimez trop votre belle-mère pour ça. Vous me l'avez dit.

Il lui lança un petit sourire narquois.

— Dites donc, nous avons de profondes conversations !

— Pas du tout. Vous m'avez dit cela pour essayer de me convaincre que vous n'aviez pas besoin de garde.

Il éclata de rire puis, à son tour, inspira profondément.

— La soirée devrait se terminer sous peu.

— Parfait. Je pourrai enfin boire une bière.

— Pourquoi ne pas aller la boire avec moi dans le bar où nous nous sommes rencontrés ?

Heather faillit s'étrangler de rire.

— Certainement pas.

Un silence suivit sa réponse. Heather se mit de biais contre la clôture. Face à lui, elle trouva qu'ils avaient l'air de deux amis en train de bavarder.

— Pourquoi diable faut-il que vous soyez aussi belle ?

Ce compliment inattendu lui fit très plaisir, mais elle n'en montra rien.

— Les gènes hérités de ma mère. Et pourquoi diable êtes-vous si séduisant ?

— Les gènes de mon père, répondit-il avant d'ajouter en soupirant : C'est vraiment ennuyeux que nous soyons si attirés l'un par l'autre.

Trouvant difficile d'avoir l'air de ne pas comprendre ce dont il parlait après ce qu'elle avait ressenti au contact de sa main dans la limousine, Heather répliqua d'un ton ironique :

— Ne m'en parlez pas.

Axel fixa Heather, surpris et heureux qu'elle n'ait pas nié cette attirance. Une forte envie de l'embrasser le saisit. Envie qui, une fois admise, se transforma en un ardent désir.

Par respect pour elle, il s'éloigna d'un pas de la clôture.

Elle en fit autant, le regard adouci d'un éclair de regret. Axel l'aurait peut-être raté, s'il n'avait pas scruté son visage à la recherche d'un signe lui assurant qu'il n'avait pas rêvé.

L'attirance était donc bien là. Hélas, y succomber leur était interdit, étant donné la profession de Heather, et sa propre place au sein de la royauté.

De plus, il se trouvait à un point plutôt confus de sa vie. Et même si elle devait assurer sa sécurité plus tard quand il prendrait du bon temps à Monaco ou Paris, envisager une relation passagère serait impossible. Heather n'avait certainement pas d'aventures d'une nuit. Or il n'offrait rien de plus.

Il ignorait peut-être quel tournant allait prendre son existence, mais il se connaissait. Un séducteur qui aimait sa liberté, adorait s'amuser, et ne restait jamais assez longtemps avec une femme pour la compromettre ou se compromettre, voilà ce qu'il était. Au pire, sa réputation donnait lieu à de divertissants articles, mais jamais à des scandales.

Son aptitude à rester détaché, avait donné à Axel un sentiment de sécurité, il en avait même tiré une certaine arrogance. Ce jusqu'au jour où il s'était vu attribuer cette ravissante garde si déterminée à l'empêcher de s'écarter du droit chemin, mais qui se trouvait aussi être la personne la plus intéressante qu'il ait jamais rencontrée.

Par malchance, la séduire lui était interdit. De toute façon, même s'il en avait le droit, il ne le ferait pas afin de ne pas l'exposer à l'attention de la presse. L'enquête sur l'affaire Maryanne Montgomery avait déjà mis Heather à rude épreuve. Si les journalistes en reparlaient, cela rouvrirait sa blessure.

— À tout à l'heure, lança-t-il en s'éloignant vers la galerie.
— Peut-être. Ou peut-être pas. Je pense que quelqu'un d'autre rentrera en voiture avec vous au palais.

La déception fondit sur lui, doublée d'amertume. Ne pas pouvoir embrasser celle qu'il désirait tant était frustrant. Mais Heather ne méritait pas de devoir revivre la pire expérience de sa vie.

Axel n'était pas assez égoïste pour faire quoi que ce soit qui immanquablement l'y forcerait.

Un garde lui ouvrit la porte de la galerie, le tirant de ses réflexions. Voir son père, Rowan et Liam apprécier visiblement cette soirée le poussa à se demander s'il pouvait laisser le soin de leur protection à un autre, ou s'il était le seul à pouvoir l'assurer.

Le service sécurité du palais fonctionnait à la perfection depuis qu'il y avait apporté les améliorations indispensables pour combler ses failles avant d'en confier la direction à Russ. Et ses gardes étaient les meilleurs.

Alors, devait-il continuer à piloter le navire, ou pouvait-il le quitter en étant certain qu'il naviguerait paisiblement avec un autre capitaine ?

Le mercredi, le prince Axel assistait à une remise de prix aux participants du concours d'excellence académique avec sa belle-mère. Tout en l'observant, Heather se remémora comment une simple rencontre dans le parc avait tourné en un moment d'alchimie qui avait failli se conclure par un baiser. Heureusement, elle avait été assez intelligente pour ne pas céder à son envie.

Enfin, peu importait puisqu'il avait décidé de ne pas l'embrasser. Et elle s'était retenue, sachant trop bien que cela aurait compromis l'ébauche d'amitié née de leur conversation dans la limousine. De toute manière, depuis sa rupture avec son fichu mari, sa carrière était devenue sa vie. Il n'était pas question de la mettre en péril.

Le problème du baiser était donc réglé.

Axel avait dû en abandonner l'idée aussi car le matin, lorsqu'elle l'avait accompagné dans le bureau de la reine Rowan, il lui avait parlé comme si rien ne s'était passé.

Leur interaction était redevenue normale.

Heather ressentit pourtant un petit pincement au cœur en le voyant avec les enfants du concours académique dont le projet avait été primé.

Chaque fois que Rowan remettait une médaille, Axel serrait la main à l'enfant et échangeait quelques mots avec lui ou elle. C'était beau de les voir si heureux de ce moment intime avec un membre de la famille royale.

La distribution des prix terminée, il fit un discours sur l'importance de l'éducation, et de la créativité. Elle avait côtoyé assez de dignitaires pour distinguer ceux qui répétaient un texte préparé pour eux, de ceux qui parlaient avec leur cœur. Axel faisait partie des seconds. Il croyait au pouvoir de l'éducation pour apporter la paix dans le monde.

Son discours était parfait et émouvant. Il lui prouva que cet homme aux apparences de prince rebelle était bien plus profond qu'il n'en avait l'air. Même si elle eût aimé découvrir tous ses secrets, Heather savait que c'était impossible, et qu'elle ne le tenterait pas. Son plan de vie n'incluait pas de chercher une relation romantique avec un homme au-dessus de sa condition. C'était arrivé avec Glen. Ses parents possédaient l'usine qui employait la plupart des gens de leur petite ville. Toutes les filles rêvaient de l'épouser. Du moment où il l'avait choisie, elle s'était efforcée de lui faire plaisir – pour qu'il la garde – et s'était perdue.

Cela ne lui arriverait plus.

En raccompagnant le prince à son bureau, Heather resta deux pas derrière lui, puis prit son poste de surveillance dans le couloir. Pendant sa pause déjeuner, Russ l'appela dans son bureau, lui demanda d'aller se reposer car, la famille royale devant dîner sur son yacht, il désirait qu'elle garde Axel sur le bateau.

Elle rentra donc faire une sieste dans son chalet, dîna tôt puis revint au palais et alla prendre son poste sur le pont. L'air était doux, le ciel parsemé d'étoiles et la mer calme. Elle se sentit privilégiée d'être dans un si bel endroit. Cela ne serait jamais arrivé si elle était restée en Louisiane. Toutefois apprécier sa chance ne l'empêchait pas de rester sur le qui-vive. Un canot pneumatique ou un nageur furtif pouvait signifier une attaque. Or son rôle était d'assurer la tranquillité des Sokol.

Heather aimait son travail et plus encore cette famille. Elle fut heureuse d'entendre des rires lui parvenir de la salle à manger dans le prolongement du pont. La position différente de chacun au palais devait influencer leurs relations personnelles, les rendre parfois difficiles, mais ils n'en montraient rien et semblaient former famille normale.

— Les gardes sont-ils censés être perdus dans leurs pensées pendant leur service ?

Elle réprima le sourire qui lui monta aux lèvres en entendant la voix d'Axel.

— Dans la mesure où je pensais à vous tous, j'effectuais mon travail.

Comme il venait s'accouder au bastingage, face à la mer, elle lança :

— Ne me dites pas que vous vous ennuyez.

— Non, mais je dois rentrer au palais. Papa, Rowan et les jumeaux vont prendre la mer quelques jours, donc nous regagnerons ensemble le port en canot pneumatique.

— Je suis montée dans de plus étranges véhicules.

Axel rit.

— C'est ce que j'aime chez vous. Bien que votre vie soit différente de la mienne, elle est tout aussi bizarre.

— Ou alors, elle m'offre des expériences uniques.

— Façon d'enjoliver les choses.

Heather rit, incapable de dissimuler sa joie d'être avec lui.

— Je croyais que nous devions cesser de bavarder à cause de notre *ennuyeuse* attirance.

— Il ne faut pas écouter tout ce que je dis. Sans compter que c'est moi qui suis venu vous trouver pour demander de me raccompagner. Je semble être irrésistiblement attiré vers vous. Même si je suis un séducteur et vous sais sérieuse. Et comme vous travaillez pour le palais, je dois l'être aussi et me contenter de ces moments.

— Je sais.

— Pourquoi alors suis-je tenté de vouloir quelque chose que je ne peux pas avoir quand nous sommes ensemble au clair de lune ?

Heather se força à rester impassible. Cesser d'être amicale avec lui était impératif. Il suffirait d'une parole équivoque pour lui attirer des ennuis.

Un message arriva sur son téléphone. Russ lui demandait de ramener le prince.

— Allons, dit-elle. Plaisanter est amusant, mais en continuant nous risquons de faire un faux pas, et c'est moi qui serai blâmée.

— J'en assumerai la responsabilité et vous tirerai d'affaire.

— Vous ne comprenez pas.

— Si. J'apprécie cependant ces quelques minutes de plaisir. Ma famille est formidable, mais avoir des amis l'est aussi. Ne vous laisserez-vous pas convaincre de m'accompagner dans ce bar où nous pouvons être simplement nous-mêmes ?

Heather comprit en un éclair. Le temps passé avec elle lui permettait d'échapper à sa routine. Des « minutes de plaisir », certes, mais rien de plus. Et que cette expression soit preuve que quelque chose effectivement le tracassait, n'était pas une raison pour entrer dans son jeu. Une grande déception – bien peu rationnelle pour une femme qui aimait son travail et ne voulait plus s'engager dans une relation – lui fondit dessus.

— Je vois clair dans votre jeu, or cela doit cesser dès maintenant.

— Comme Cendrillon, vous serez une femme différente demain, aussi devrais-je vous embrasser ce soir.

C'était bien la dernière chose à laquelle elle s'attendait ! Pourtant un frisson la parcourut. Être embrassée par un homme aussi sublime devait être merveilleux.

— Certainement pas. Ni ce soir, ni jamais. Je travaille pour vous, je ne suis pas votre pote de bar. Je vous protège.

Il leva les yeux, sourcils haussés.

— Des étoiles ?

Heather réprima une forte envie de rire. Cet homme avait le don de la détendre, de lui rappeler que la vie pouvait être à nouveau gaie. Que le mari qui l'avait fait se sentir sans intérêt était une exception. Que la plupart des gens étaient bons et gentils.

— Très drôle.

— Nous sommes seuls sur ce pont. Personne ne nous verrait si je vous embrassais.

— C'est à moi que vous dites ça ? Il y a toujours quelqu'un qui vous surveille. Et ce serait une très mauvaise idée.

Axel se rapprocha d'elle.

— Vous le pensez vraiment ?

Son cœur eut envie de dire non. Son mariage raté avait laissé un grand vide en elle. Lui parler le comblait. Sa raison, en revanche, lui soulignait les problèmes que soulèverait le fait de tomber amoureuse de ce prince. Ou de simplement sortir avec lui, quand bien même elle quitterait son travail.

— Vous réfléchissez trop, Heather. Vous arrive-t-il parfois de vous laisser aller à vous amuser ?

Jamais, et là résidait la différence entre lui et son ex. Glen voulait qu'elle ne soit que la jolie fille à son bras. Axel voulait s'amuser avec elle, la laisser être elle-même.

Un bip lui annonça l'arrivée d'un SMS. Elle le lut.

— Le canot nous attend.

Ouf.

Au moment où elle lui indiquait les escaliers menant au pont inférieur, il lui saisit le bras, la forçant à le regarder, et lui sourit. Cette inhabituelle intimité aurait pu lui faire croire qu'elle lui plaisait, mais le souvenir de son divorce la ramena à la raison. Même si Axel était différent de son ex, une relation avec lui serait encore plus tourmentée que son mariage avec Glen.

— Allons-y.

Il scruta son regard. Pendant quelques secondes, Heather crut qu'il allait insister, mais il la lâcha et s'éloigna sans un mot.

Elle se sentit congédiée, délaissée. Tant pis, c'était mieux ainsi.

À son réveil, Axel trouva un message sur son téléphone. Encore à moitié endormi, il regarda le nom de l'expéditeur – l'assistant personnel de son père – puis le lut.

Le roi souhaite vous voir dans son bureau à 9 heures.

Il trouva cela bizarre étant donné que son père était censé se trouver en mer avec Rowan et les jumeaux, mais il s'agissait peut-être d'une visioconférence.

Ce souci écarté, sa pensée suivante fut pour Heather. Avec elle, son côté rebelle s'était réveillé, il avait retrouvé son goût pour le flirt. Mais, même s'il décidait de démissionner de l'administration du palais et de reprendre sa vie de plaisir, il ne voulait pas la faire souffrir, et encore moins lui faire perdre son poste. Donc il devait se tenir à distance d'elle.

Pourtant, si elle avait été réceptive la veille au soir, il l'aurait embrassée. Le pont romantique au clair de lune et l'odeur de son parfum dans l'air tiède lui avaient fait oublier ce qu'elle ne perdait pas de vue. Il y avait toujours quelqu'un qui le surveillait.

Frustré, il souhaita avoir au moins quelques heures de totale intimité avec elle pendant lesquelles ils pourraient être eux-mêmes et profiter de la vie.

Mieux valait toutefois ne pas y penser car cela suffirait à enflammer ses hormones. En plus, c'était contraire au règlement.

Alors, inutile de rêver.

Sa douche prise, Axel quitta son appartement. La salle à manger familiale étant vide, il prit son petit déjeuner seul. Ceci fait, il rejoignit le bureau de son père où il trouva Russ et Heather déjà assis. Comme il prenait place à côté d'eux, Heather lui sembla se tasser sur son siège, comme si elle craignait que leur langage corporel trahisse leur inhabituelle relation. Mais il était décidé à avoir une conduite exemplaire car ce serait elle qui pâtirait du moindre faux pas entre eux. Il la protégerait, y compris de lui-même.

La porte s'ouvrit alors. Son père entra. Tous trois se levèrent et le saluèrent. Le roi leur fit signe de se rasseoir, prit place derrière sa table de travail, puis lança sans préambule :

— Nous avons un sérieux problème.

Si Jozef annulait sa croisière familiale pour s'entretenir avec lui, son chef de sécurité et probablement leur meilleure garde du corps, ce devait être grave. Axel s'inquiéta davantage encore en voyant l'attitude de Russ. Celui-ci savait sans le moindre doute de quoi il s'agissait. Que pouvait-il bien se passer pour que le roi l'ait averti avant lui ?

— La sécurité a reçu hier soir une menace de mort. Contre toi, Axel.

— Moi ? demanda-t-il décontenancé.

Il était le prince suppléant, pas l'héritier du trône.

Son père se pencha et appuya ses bras sur le bureau.

— Il semblerait que ta visite dans un bar malfamé de la ville ne soit pas passée inaperçue.

Aïe. La menace n'était probablement pas sérieuse, mais elle avait attiré l'attention paternelle sur son escapade. D'où la présence de Heather afin de s'assurer qu'il ne mentirait pas.

— Perdre ton chapeau t'a trahi, poursuivit le roi. Une photo de lui était jointe au mail pour preuve de ta présence là-bas.

— Je peux t'expliquer ?

— Inutile, ça ne change rien au résultat. Nous prenons cette menace au sérieux.

Son père prit alors une feuille sur sa table de travail et lut : « *Restez à votre place ou vous le regretterez.* »

Ne sachant pas si Jozef était en colère qu'il se soit fait remarquer, ou s'il s'agissait seulement d'une réprimande, Axel répondit :

— Nous prenons toutes les menaces au sérieux.

— Je sais. Hélas, selon les premiers résultats de l'enquête

de Russ, l'adresse IP d'où provient ce mail est celle d'un ancien militaire renvoyé de l'armée pour avoir proféré des menaces contre ses supérieurs.

— On a affaire à une tête brûlée, intervint Russ. Le problème avec un tel homme est qu'on ignore à quel moment il peut passer à l'acte.

Axel hocha la tête.

— Je comprends. Vous voulez donc me voir réduire mes activités pendant quelques jours ou plus, le temps de résoudre ce problème.

— Pas du tout, dit le roi Jozef en se renfonçant dans son fauteuil. Tu dois présider une remise de décorations cette semaine, entre autres.

Russ reprit la parole :

— Si vous annuliez, notre gars pourrait se vanter de vous avoir effrayé au point de vous forcer à vous cacher, ce qui pourrait le pousser à d'autres menaces. Or il a peut-être agi après avoir bu quelques verres de trop et il s'en voudra au réveil d'avoir envoyé ce mail – si toutefois il s'en souvient. C'est ce que nous espérons.

— C'est souvent le cas.

— Mais ça pourrait ne pas l'être cette fois.

Le roi reprit alors la parole :

— Nous allons donc augmenter ta sécurité personnelle.

Rien d'inhabituel à cela. Prendre un maximum de précautions pendant la recherche de renseignements sur l'homme et le localiser était le protocole habituel.

— D'accord, dit Axel.

— Ne soyez pas si désinvolte, le réprimanda Russ. La plupart des menaces sont contre le roi et l'œuvre de gens mécontents. Elles n'aboutissent en général pas. Celle-ci, en revanche, s'adresse à vous pour avoir malmené un gars qui flirtait avec Heather.

Axel fronça le nez. Le gars pouvait en effet l'avoir très mal pris.

— Nous ignorons si l'expéditeur du mail est le gars du bar ou s'il s'agit de deux personnes différentes. À ce point de l'enquête, nous n'avons que le nom lié à l'adresse IP. Nous la poursuivons et arrêterons l'homme si la menace se révèle sérieuse.

— Tant que nous ne savons rien, dit alors le roi, Mlle Larson restera en permanence à tes côtés.

Ne trouvant rien de bien nouveau à cela, Axel s'apprêtait à acquiescer lorsque Russ ajouta :

— Mais plus en tant que garde du corps. Désormais, elle jouera le rôle de votre petite amie.

Axel se figea.

Heather, elle, exprima sa stupéfaction :

— Pardon ?

— Oui, être sa petite amie expliquera votre présence vingt-quatre heures sur vingt-quatre à ses côtés. Personne ne se posera de question.

— Bien sûr que si ! s'exclama Axel. Tout le monde sait qu'elle est garde du corps.

— Aux yeux des gens, les gardes du corps se ressemblent tous avec leurs uniformes, intervint le roi en souriant. Pour plus de vraisemblance, nous inventerons une amitié née pendant son service auprès de toi.

Axel réprima un sourire. C'était exactement ce qui était arrivé.

— Le seul problème, dit Russ à Heather, est que pour le fréquenter, vous devrez démissionner de votre poste.

Le visage de Heather se décomposant, il ajouta aussitôt :

— Cette comédie terminée, si nous sentons que l'opinion générale préfère une romance à une histoire montée de toutes pièces, on mettra en scène une rupture progressive.

— Et je retrouverai mon poste ? demanda Heather, visiblement sceptique.

— Il sera préférable de vous affecter hors du palais.

— Où ?

— À la sécurité de mes parents à Paris, dit le roi. Vous continuerez de travailler là-bas le temps que la presse cesse de s'intéresser à vous, puis vous reviendrez ici.

— Compris, murmura-t-elle.

Entendre son père minimiser les retombées de sa ruse énerva Axel. Heather serait loin du palais certes, mais les médias scruteraient son passé à la loupe. C'était ce qu'il avait toujours voulu éviter, pour elle comme pour ses maîtresses.

Au diable cet éternel manque d'intimité !

En allant jouer au billard dans le bar, non seulement il n'avait pas trouvé la paix, mais il avait attiré l'attention sur eux deux. Avec cette comédie, c'était la vie de Heather qui allait être mise sens dessus dessous, pas la sienne.

— N'y a-t-il pas un autre moyen d'assurer ma protection sans impliquer Heather ?

— C'est toi qui as instauré la règle de faire jouer aux gardes le rôle de valet, serveur ou autre, lui rappela son père. Les cacher en pleine vue est une excellente tactique.

— Mais la presse va se focaliser sur elle, passer sa vie au crible et probablement aller interroger les gens de sa ville natale dans l'espoir de trouver des affaires croustillantes.

— Notre enquête sera peut-être bouclée en un jour ou deux, intervint Russ. Heather sera immédiatement réaffectée et personne n'aura eu le temps de s'intéresser à elle. Inutile d'en faire une montagne.

Le roi acquiesça de la tête.

— Russ a raison. Allez ensemble au restaurant ce soir, comme ça nul ne s'étonnera de sa présence à tes côtés lors du prochain événement. Pas question que ce fauteur de troubles nous croie apeurés. Jouez le jeu avec conviction.

— Pour ne pas risquer de fuite, nous informerons les autres gardes de votre soudaine relation, ajouta Russ.

Et un problème supplémentaire, pensa Axel. Ses collègues allaient voir en elle une opportuniste venue travailler au palais dans le but de s'immiscer dans la famille royale alors qu'elle avait éludé toutes ses tentatives de flirt. Un communiqué de presse s'imposerait afin de remettre les choses au clair dès que cette histoire serait terminée.

Il décida alors de suivre l'avancement de l'enquête de près tout en jouant le jeu élaboré par son père et Russ. Avec un peu de chance, le coupable serait retrouvé dès le lendemain. Localiser l'auteur du mail devrait aller vite. Resterait alors à décider s'il fallait l'arrêter ou le surveiller de près.

Heather et lui auraient donc une journée, un dîner et une nuit dans le même appartement.

Exactement ce dont il avait rêvé la veille !

Cela s'annonçait amusant. Et ce ne serait pas la fin du monde pour elle s'il parvenait à la soustraire à l'attention publique avant que la presse ne lance des recherches sur son passé.

5

La réunion avec le roi achevée, Heather suivit Russ dans son bureau où il lui expliqua son rôle en détail. Surveiller Axel vingt-quatre heures sur vingt-quatre impliquait qu'elle s'installerait dans son appartement. D'autres gardes seraient postés à la porte pour éviter toute intrusion. Elle serait responsable de lui à l'intérieur.

C'était peut-être la routine pour lui, mais en ce qui la concernait, partager l'appartement d'un homme qui en plus d'être séduisant flirtait à la moindre occasion n'allait pas être évident.

Bien sûr, leur attirance était simplement physique. Ils venaient de classes sociales différentes et n'avaient aucun centre d'intérêt commun. Sauf un puissant désir...

Conformément aux instructions reçues, munie des vêtements de rechange qu'elle conservait au palais, Heather rejoignit l'appartement du prince. Son collègue en faction à la porte ne lui dit même pas bonjour. Ça commençait bien ! Tant que cette affaire ne serait pas réglée, ses collègues, persuadés qu'elle couchait avec Axel, la traiteraient en paria.

Génial. Coincée avec un séducteur qui en plus lui plaisait, et méprisée par ses pairs. Cette mission allait être un enfer.

Une fois à l'intérieur, Heather observa les lieux. Rien de

prétentieux. Tout était moderne et simple. De moelleux coussins colorés étaient disposés sur les canapés, la cheminée était peinte en blanc, le parquet clair brillait sous les rayons du soleil qui entrait à flots par les fenêtres, et de délicates aquarelles égayaient les murs.

De toute évidence, c'était le foyer d'Axel, pas un simple pied-à-terre.

Selon le feuillet d'instructions de Russ, sa chambre était la première sur la droite dans le couloir. Des vêtements s'y trouvaient, achetés à son intention pour chacun des événements listés en page deux. Les autres pages étaient consacrées aux conseils sur ce qu'elle devait faire et ne pas faire.

Donc, elle allait devoir non seulement vivre au moins quelques jours en compagnie d'Axel, mais aussi mémoriser quantité de protocoles propres aux « intimes » des membres de la famille royale.

Dès son arrivée, le prince entendrait le fond de sa pensée pour s'être rendu dans ce fichu bar et les avoir mis dans cette fâcheuse situation !

Le contenu de son dressing la stupéfia. Les robes, pantalons, hauts, chaussures, maillots de bain et accessoires, tous aussi beaux qu'élégants, provenaient des magasins les plus renommés.

Depuis son divorce, Heather avait cessé de se soucier de sa toilette car cela lui rappelait trop combien elle avait été stupide de se laisser reléguer dans le rôle de jolie fille bien habillée et muette par Glen, le seul dans lequel il voulait la voir.

En réaction, elle avait adopté des jeans, T-shirts ou autres tenues simples, laissant sa personnalité s'exprimer sans artifice extérieur.

À la vue de ces étagères, penderies et tiroirs regorgeant d'articles si féminins, son humeur s'apaisa. Étouffer son amour des beaux vêtements, l'avait forcée à réprimer une partie d'elle-même.

Alors, pourquoi ne pas profiter de ceux-ci sans arrière-pensée…

Non. Il s'agissait de travail, pas de plaisir.

Tout en attendant l'arrivée d'Axel, Heather visita le reste de l'appartement, notant les points forts et faibles sur le plan sécuritaire. La cuisine la surprit. Très fonctionnelle, elle disposait d'un office aux étagères remplies de verres et plats comme si le prince recevait régulièrement. Il y avait aussi une salle de télévision et une de billard.

Celle-ci lui rappela le bar. Elle lui avait gâché sa soirée mais, s'il n'était pas sorti en douce du palais, il n'y aurait pas eu de menace et elle n'aurait pas à vivre avec lui !

Au fil des heures, la colère de Heather s'amplifia. Comment était-elle censée suivre pas à pas un homme qui l'évitait ? Un coup d'œil à leur emploi du temps du jour lui rappela leur sortie. Une limousine devait venir les chercher dans moins d'une heure. Il était donc temps de se préparer.

Se préparer à être photographiée, à passer du temps avec le prince rebelle à cause de qui elle allait se retrouver exilée à Paris chez les parents du roi, et dont elle devait feindre d'aimer la compagnie.

À vrai dire, vingt-quatre heures plus tôt elle n'aurait pas eu à feindre. Mais c'était avant d'avoir été convoquée dans le bureau du roi et de s'être entendu ordonner de jouer la petite amie d'Axel. Et bien sûr, une fois sa mission terminée, elle cesserait de travailler au palais jusqu'à ce que la presse se soit désintéressée de sa petite personne !

Son indignation retomba brusquement.

Les journalistes allaient trouver l'affaire Maryanne Montgomery.

Ou peut-être pas si l'auteur de la menace était rapidement localisé.

Mieux valait espérer cela, et s'habiller.

Lorsqu'elle revint dans le salon, debout devant une des fenêtres, Axel contemplait le jardin. Il était si beau dans son costume sombre avec ses cheveux attachés sur la nuque que Heather sentit son cœur palpiter. Elle s'en voulut d'être si sensible à sa présence. Cet homme était un problème ambulant, si imbu de lui-même qu'il ne souciait pas des retombées de sa mauvaise conduite pour les autres.

Pour ne rien arranger, où qu'il ait passé la journée, ce serait elle qui serait blâmée pour avoir désobéi à l'ordre de le suivre pas à pas.

— Vous êtes ravissante.

Les yeux d'Axel brillaient de cet éclat qui faisait probablement se pâmer toutes les femmes. Un éclat si sensuel que le sang de Heather pétilla dans ses veines.

D'accord, elle avait belle allure. Normal, dans une robe de cocktail, qui coûtait l'équivalent d'un mois de son salaire, avec ses cheveux libérés sur ses épaules. Quant à lui, même en haillons il serait sublime.

S'efforçant de dissimuler son admiration, elle rangea son rouge à lèvres dans son sac.

— Où étiez-vous aujourd'hui ?
— Dans mon bureau.
— J'étais censée ne pas vous lâcher d'une semelle.
— Oui, mais Russ a renforcé ma sécurité, dit-il avant d'ajouter avec un sourire : Ce serait bizarre si ma petite amie m'accompagnait au travail.

Certes, mais pas question de le reconnaître. Si lui ne voyait que le côté agréable de cette comédie, elle en revanche imaginait déjà les journalistes débarquer dans sa ville natale et questionner les résidents. Ils seraient vite au courant de son divorce et de l'enquête sur la mort de Maryanne Montgomery.

— Inutile de jouer au charmant petit ami en privé.

— Autant s'entraîner. Nous devons être charmants l'un envers l'autre pour rendre cette comédie crédible.

Et tout en se dirigeant vers l'entrée, il lança :

— Bien sûr, hier soir ce n'aurait pas été de la comédie.

— Si vous faites allusion au fait que vous vouliez m'embrasser, oubliez-en toute idée. Nous resterons professionnels.

— Impossible. Nous devons avoir l'air d'un couple.

Axel ouvrit la porte, salua les deux gardes puis l'escorta jusque dans le hall. Heather resta silencieuse. Discuter devant ses collègues serait leur fournir matière à ragots supplémentaires.

Une fois dans la limousine, la vitre les séparant de Leo étant remontée, elle déclara :

— Nous aurons l'air d'un couple en public. Le reste du temps, gardez vos distances.

— Vous savez, si nous regardions le côté positif de cette comédie, nous pourrions la considérer comme une opportunité.

— Que voulez-vous dire ?

— Nous nous plaisons, mais savons que nous n'avons pas le droit d'être ensemble, or ce n'est plus le cas. Si nous explorons notre mutuelle attirance dans cette limousine, cela paraîtra normal puisque nous sortons ensemble. Ce serait encore mieux derrière les portes closes de mon appartement où il n'y a ni autre garde ni caméras de surveillance.

Aussi tentée que soit Heather, elle se souvint qu'Axel était un charmeur. D'autre part elle quitterait bientôt le palais pour assurer la sécurité de ses grands-parents.

— Avez-vous perdu la tête ? C'est une très mauvaise idée, je vous l'ai déjà dit.

— Dommage.

Il était si visiblement déçu, qu'elle se fit l'effet d'être une mégère. Mais une relation avec ce séduisant prince ne pouvait lui apporter que des problèmes.

En descendant de voiture devant un des restaurants les plus renommés de la ville, Heather repéra d'emblée deux autres gardes en civil sur le trottoir. D'autres seraient certainement à l'intérieur, attablés incognito parmi les clients.

Le maître d'hôtel le salua dès leur entrée.

— Bonsoir, Prince Axel.

— Bonsoir, Stephan.

Stephan se tourna vers elle pour la saluer à son tour avant de leur demander de le suivre.

Tandis qu'ils rejoignaient leur table réservée devant les baies vitrées donnant sur le lac, personne ne sembla faire attention à eux. Une ou deux femmes jetèrent un coup d'œil au prince, mais aucune ne chercha à lui parler.

Axel lui posant soudain une main au creux des reins, Heather tressaillit et s'apprêtait à lui décocher un regard noir quand elle se souvint qu'ils étaient censés être en couple. Il fallait jouer le jeu.

Elle sourit donc.

Deux flûtes de champagne apparurent miraculeusement à leur table tandis que Stephan prenait leur commande avant de les quitter.

— De tous les restaurants que je connais, aucun ne vaut celui-ci, dit Axel. Le chef connaît les goûts des habitués, et le personnel nous traite comme les autres clients.

— C'est formidable.

— N'est-ce pas, dit-il en lui prenant la main.

Une myriade de frissons parcourut le corps de Heather. Elle se raidit.

Il se pencha alors pour murmurer :

— N'oubliez pas, nous sommes en rendez-vous galant.

— D'accord.

— Si cette comédie vous rend nerveuse, imaginez-nous hier soir au clair de lune quand l'envie de nous toucher était si forte que nous respirions à peine.

Heather émit un petit rire.

Axel lui lâcha la main.

— Dans la limousine, je vous ai crue en mode professionnel. Maintenant je vous crois fâchée contre moi. Qu'ai-je fait pour vous mettre en colère ?

— Vous m'avez mise dans une position où la presse va se pencher sur mon passé.

— Pas moi. Mon père et Russ ont tout organisé.

— Mais à cause de votre escapade de lundi soir.

— Sachez une chose. J'ai toujours protégé mes petites amies de la presse. Je ne passe jamais plus d'un week-end avec une femme justement pour leur éviter ce problème. Si cela peut vous rassurer, les journalistes se désintéressent de mes rendez-vous galants sachant qu'ils n'ont aucune suite. Or, selon Russ, la comédie sera terminée demain ou après-demain, et il annoncera que vous étiez avec moi seulement pour me protéger.

— Après son communiqué, mes collègues cesseront de voir en moi une croqueuse de diamants, j'imagine.

— Ils vous féliciteront même. À mon avis, Russ a fait preuve d'une prudence exagérée en vous affectant à ma surveillance vingt-quatre heures sur vingt-quatre.

— Donc je devrais me détendre ?

— Oui.

— Grâce à lui, nous avons une nuit entière ensemble, dit-il en souriant avant de lui reprendre la main. Une occasion inespérée d'explorer à fond notre attirance mutuelle au nez et à la barbe des gardes en faction derrière la porte.

Indignée, Heather lui retira sa main. À l'entendre, leurrer les gardes lui tenait plus à cœur que d'être avec elle. Cela confirma sa première impression. Elle ne représentait qu'une distraction pour lui.

— Cessez de flirter de la sorte. Vous ne m'intéressez pas, je vous l'ai déjà dit.

— Allons, vous vous mentez.

— Non.

— D'accord. Dans ce cas, vous niez l'évidence. Je pense que Russ vous a choisie pour cette mission car inconsciemment il a senti notre alchimie.

— Si vous dites vrai, c'est parce que vous êtes sans arrêt après moi.

— Ce n'est pas moi qui ai les yeux brillants quand nous discutons.

— Non. Vous avez des yeux de grand méchant loup.

— De grand méchant loup, ironisa-t-il.

— De prédateur, si vous préférez.

— Vraiment ? demanda-t-il en se penchant vers elle. Ce terme me paraît presque sexy dans votre bouche.

Heather soupira.

Comme elle tentait de lui retirer sa main, il la serra.

— Une chroniqueuse mondaine vient d'entrer. Que vous soyez fâchée ou pas contre moi, votre rôle est de prétendre être si éprise que votre seule envie est de me ramener au plus vite dans ma chambre pour une nuit torride.

Les images qui se formèrent dans son esprit à ces paroles la troublèrent tant qu'elle tourna la tête pour s'en débarrasser mais aussi s'assurer qu'il disait vrai.

— Ne regardez pas ! Vous êtes censée être si amoureuse de moi que vous avez démissionné de votre travail.

Elle lui décocha un sourire exagéré.

— Non, j'ai été choisie pour être exilée chez vos grands-parents parce que vous étiez incapable de détourner vos yeux de prédateur.

— Dès notre retour chez moi, je vais examiner mon regard dans le miroir.

— Je vous en prie.

— Laissez-moi toutefois vous rappeler qu'il faut être deux pour flirter.

Une vive répartie monta aux lèvres de Heather. Elle la retint. Il avait raison. Quand il lui avait demandé pourquoi il fallait qu'elle soit si belle, elle lui avait demandé pourquoi il était si séduisant. Impossible donc de lui attribuer l'entière responsabilité de ce flirt.

— La journaliste approche, murmura-t-il. Souvenez-vous de votre rôle. Et à partir de maintenant, nous nous tutoyons en public.

Dans la seconde suivante, une femme blonde, mince aux grands yeux bleus s'arrêta devant leur table.

Axel se leva.

— Bonsoir, Prince Axel, dit-elle en battant des cils.

Un accès de jalousie transperça le cœur de Heather, lui coupant le souffle. Le prince n'était peut-être pas le seul à blâmer pour l'avoir mise dans cette situation, mais il en était l'élément déclencheur. Elle ferait donc mieux de le céder à celle qui le voulait de manière si évidente, plutôt que d'être jalouse.

— Heather, je te présente Jennifer Stroker. Elle est reporter.

Jennifer rit.

— Plutôt chroniqueuse mondaine, mais il paraît que mes stupides potins font vendre les journaux.

Axel lança à Heather un regard lourd de sens.

Se montrer aimable avec un reporter dans son rôle – dont la véritable nature serait probablement révélée dès le lendemain si l'enquête aboutissait – était de rigueur. D'autant plus que les copines du prince ne faisant qu'un court passage dans sa vie, Jennifer ne verrait pas l'intérêt d'effectuer des recherches sur son passé.

Elle prit donc la main tendue de la jeune femme.

— Je suis ravie de faire votre connaissance. Voulez-vous prendre une flûte de champagne avec nous ?

Les yeux d'Axel s'écarquillèrent.

— Nous ne voulons pas contrarier les plans de Jen, chérie.

D'où lui venait cet air paniqué quand une minute auparavant il semblait la supplier d'être aimable ? Bizarre.

— Pourquoi pas, minou ?

Une expression stupéfaite se peignit sur ses traits à ce terme affectueux, mais il se ressaisit aussitôt.

— Allons, elle est attendue.

— Exactement, dit Jen à Axel avant d'ajouter à l'intention de Heather : Mais nous pourrions nous rencontrer tous trois la semaine prochaine.

— Bien sûr.

En même temps, Axel répondit :

— Je suis désolé. Nous sommes pris toute la semaine.

Jen rit.

— Évidemment.

Son ton sarcastique rassura Heather. La chroniqueuse savait que la semaine suivante une autre femme aurait pris sa place, et donc qu'elle ne se soucierait plus d'elle.

— J'appellerai ton assistant, dit alors Jen en effleurant la joue d'Axel d'un baiser avant de repartir vers une table au centre de la pièce.

En se rasseyant, Axel murmura :

— N'acceptez jamais de prendre un verre avec une chroniqueuse mondaine.

— Parce que l'alcool délie les langues ?

— Parce que les chroniqueuses sont des diablesses et transforment les propos.

— Mais ne fait-elle pas partie des gens que nous voulons leurrer ?

— Non, ce n'est pas une véritable journaliste, elle ne fait que rapporter des ragots et ne sera pas aux événements auxquels nous devons assister. Elle taira probablement notre rencontre à ses pairs.

— Pour se réserver le scoop de l'histoire.

— Oui.

— Alors pourquoi m'avoir intimé du regard l'ordre de jouer mon rôle ?

— Vous n'avez pas compris. Mon regard voulait dire « méfiez-vous ».

Heather se mordit la lèvre.

— Donc elle pourrait faire des recherches sur moi ?

— Sans ma réputation, oui. Mais elle s'en tiendra peut-être à mentionner que j'étais de sortie ce soir sans préciser votre prénom puisqu'elle sait que vous ne serez plus là la semaine prochaine. Et si elle boit quelques verres de trop ce soir, elle pourrait même oublier nous avoir rencontrés.

Il lui décocha un large sourire avant d'ajouter :

— Voulez-vous que je lui fasse apporter une bouteille de champagne ?

Heather rit. Son premier véritable rire depuis l'instant où elle avait appris son futur exil programmé.

Axel sourit.

— Là, je retrouve la fille qui me plaît.

Heather dissimula son plaisir. Lorsqu'ils étaient tous deux ainsi, il lui plaisait. Beaucoup.

— Et si nous faisions une trêve le temps du dîner ? Sortir avec moi vous paraît peut-être bizarre, mais chaque fois que nous discutions avant, vous sembliez pouvoir oublier mon statut.

— C'est vrai.

— D'où votre impertinence.

— Seriez-vous en train de me dire de renoncer à mes réparties ?

— Surtout pas ! C'est ce qui fait de nous un *nous*.

— Il n'y a pas de *nous*. Il ne peut pas y en avoir.

— D'accord. Dans ce cas, pourquoi ne pas simplement être vous-même ?

Il lui prit alors une main et la porta à ses lèvres.

— Et vous obtiendrez ce que vous voulez de moi.

Au lieu de lui retirer sa main, Heather se souvint de son assurance avant d'être humiliée par Jen. L'espace d'un éclair, elle souhaita accepter la suggestion d'Axel de profiter de l'intimité qui leur était accordée, mais la raison reprit le dessus. Après avoir vu sa vie passée au crible suite au décès de Maryanne Montgomery, elle s'était juré de ne plus jamais attirer l'attention sur elle.

Malgré son envie de redevenir la femme qui aimait la vie et ne craignait pas de se lancer dans une aventure, cela lui était impossible. Surtout avec un homme aussi en vue.

6

Dans la limousine, alors qu'ils rentraient après leur délicieux dîner suivi d'un passage éclair dans un club privé, Axel se demanda si Heather avait joué son rôle de petite amie avec brio ou si elle avait changé d'avis à leur sujet.

Il doutait cependant de cette dernière éventualité, et ne souhaitait pas insister, même s'il trouvait dommage de ne pas profiter de leur proximité imposée.

Malgré cela, il se sentait heureux.

Il avait bu juste assez de vin pour être agréablement fatigué et se trouvait en compagnie d'une femme qui lui plaisait beaucoup. Aussi, au lieu de chercher un sens à tout, il décida d'apprécier leur situation.

Une fois devant le palais, en aidant Heather à descendre de voiture, leur intimité naturelle le frappa. Sa théorie selon laquelle Russ l'avait choisie pour cette mission lui revint à l'esprit. Quoi qu'il y ait entre eux, c'était fort.

Devant la porte de l'appartement, Heather sourit au garde en faction, l'homme resta de marbre. Il fallait s'y attendre car ses collègues ignoraient que leur relation était une comédie. Même après la publication d'un communiqué expliquant la ruse, nombre d'entre eux se demanderaient ce qui s'était réellement passé derrière les portes closes. Pour cette raison, elle ne laisserait rien arriver.

Axel en était déçu, mais il comprenait les conséquences de ce simulacre pour sa carrière. Et si Jennifer faisait état de leur dîner, cela n'arrangerait rien.

— Je vous verrai demain matin, j'imagine, dit Heather, un sourire d'excuse aux lèvres.

— Un dernier verre ne vous tente pas ?

— Non, je vous remercie.

Un doute à peine perceptible transparaissait dans sa réponse. Leur attirance était donc plus forte qu'elle ne voulait l'admettre. Le vaurien en lui espéra qu'elle se concrétiserait, mais l'honnête homme savait que cela donnerait des raisons aux reporters de se pencher sur le passé de Heather.

— Eh bien, bonne nuit, reprit-elle.

Mais, ce disant, elle fit un pas dans le salon. Il en déduisit qu'elle n'avait pas plus envie de le quitter qu'il n'avait envie de la voir partir. Après tout, ils n'avaient pas besoin de s'embrasser. Se contenter de discuter le tentait car il ne se souvenait pas avoir autant apprécié la compagnie d'une femme.

— Pourquoi, un verre mettrait en péril votre sommeil réparateur ?

— Non. Je ne crois pas que devenir trop à l'aise dans nos rôles soit une bonne idée. Vous le savez.

— Et vous savez que je ne suis pas d'accord sur ce point.

— Alors, agissons chacun selon nos convictions. Nous espérons tous deux voir cette situation prendre fin demain.

— Toutefois, si ce n'est pas le cas, nous risquons de nous heurter à un problème.

— Lequel ? demanda-t-elle.

— L'intimité. Si nous ne nous embrassons pas quand nous sommes seuls, notre premier baiser devra peut-être avoir lieu en public. Et si notre manque d'expérience apparaît, les gens se poseront des questions, voire comprendront qu'il s'agit d'une comédie.

De toute évidence, son explication fit réfléchir Heather. Profitant de son avantage, Axel s'approcha d'elle.

— Un baiser maladroit est déjà gênant, expliqua-t-il, mais un baiser interminable et passionné est carrément embarrassant.

Elle éclata de rire.

— Interminable et passionné ?

— Je suis sérieux. Si cette situation dure, imaginez quel sommet notre frustration va atteindre. Plus nous passons de temps ensemble et nous habituons à être proches physiquement comme sur le plan personnel, plus nous allons nous demander comment ce serait de s'embrasser.

Heather se racla la gorge.

— Peut-être.

— Pas *peut-être*. Certainement. Nous sommes attirés l'un par l'autre, conscients du fait que c'est contraire au protocole, mais cela ne nous empêche pas d'être curieux. Et si nous devons nous embrasser en public, qui sait quelle tournure ça va prendre ? Ça risque de ne pas être celle que nous aimerions.

Aussi, nous devrions nous entraîner afin de ne pas nous ridiculiser avec un baiser interminable.

Elle le quitterait probablement dès le baiser achevé, ce qui le laisserait dans un état indescriptible, mais s'habituer l'un à l'autre était indispensable.

— Effectivement, dit-elle enfin, vu sous cet angle, ce serait logique.

— Voulez-vous que nous décidions d'un moment ? Demain après-midi, par exemple ?

Une expression horrifiée envahit le visage de Heather.

— Vous plaisantez ! Maintenant que nous en avons discuté, cette idée va nous trotter dans la tête toute la nuit. Je ne sais pas pour vous, mais je m'inquiète...

Sans lui laisser le temps de changer d'avis, Axel la prit dans ses bras et l'embrassa.

L'espace d'une seconde, Heather se tendit, puis se sentit fondre au contact des lèvres expérimentées d'Axel. Ce qu'elle éprouvait pour lui, ajouté aux liens qui s'étaient tissés entre eux en quelques jours, se fit si intense qu'elle ne put s'empêcher de répondre à son baiser.

Cela dut enhardir Axel, car son baiser passa de romantique à passionné. Elle se laissa aller à lui caresser le dos. En réponse, il la saisit par les hanches et la rapprocha de lui.

Prenant alors conscience de son pressant besoin de lui, Heather paniqua.

Ainsi qu'il l'avait deviné, un baiser suffisait à débrider leurs sens.

Il n'en fallut pas plus pour la ramener à la raison. Elle laissa retomber ses mains, puis recula d'un pas.

— Je vous l'avais dit, murmura-t-il d'une voix douce.

— Oui, mais j'ai repris mes esprits à temps.

— En attendant, nous n'avons plus à nous inquiéter. Nous connaissons l'effet d'un baiser ensemble. Désormais, nous n'avons plus à craindre de nous ridiculiser.

Heather leva les yeux au ciel, puis se tourna pour partir. Il l'arrêta :

— Pour info, vous embrasser a été merveilleux.

Quoique consciente de sa stupidité d'apprécier ce commentaire, elle admit en son for intérieur que l'embrasser avait aussi été merveilleux. C'était dommage de devoir ignorer leur parfaite entente physique.

Immédiatement, elle pensa à son ex qui l'avait trompée parce qu'elle n'était pas assez parfaite à ses yeux. Son humiliation familière à ce souvenir apparut, puis s'évanouit. Axel était différent de Glen. Il était un homme bon. Jamais il ne l'humilierait. En fait, la raison de son premier baiser était de l'habituer afin qu'elle ne soit pas gênée ou anxieuse s'ils devaient s'embrasser en public.

Aurait-il agi ainsi pour la protéger ?

Il protégeait toujours ses petites amies de la presse, avait-il dit, et elle le croyait. Donc oui, il la protégeait.

Sur cette pensée réconfortante, elle rejoignit sa chambre, ferma la porte et s'y adossa, les yeux fermés.

Cet homme embrassait comme un dieu. Et il lui plaisait. Tout ce qu'ils découvraient l'un de l'autre les rapprochait, intensifiait le fait qu'ils se sentaient bien ensemble.

Mais ils ne pouvaient pas être en couple. Comment une fille de Louisiane pourrait fréquenter un prince ?

S'écartant de la porte, Heather se déshabilla en proie à l'exaltation.

Il l'avait embrassée !

Heather n'aurait jamais pensé qu'un homme aurait réussi à abattre ses défenses, or il l'avait fait. Au lieu de refouler cette joie, elle s'autorisa à la savourer.

Bien sûr, elle ne lui en parlerait pas, se montrerait sous son jour le plus professionnel le lendemain, et ne lui permettrait pas de recommencer. Mais jusque-là rien ne l'empêcherait de se délecter du souvenir.

Le vendredi matin, Axel resta un moment au lit à réfléchir à la tournure prise par ses rapports avec Heather avant de se lever.

Il savait que l'embrasser serait extraordinaire, avait même anticipé sa réaction passionnée. Ensemble, ils étaient de la dynamite.

Ils étaient faits pour vivre une relation torride.

Sous le jet de la douche, il fut tenté de passer outre à la sagesse. Leur attirance était trop intense pour l'ignorer. Hélas, y céder davantage aurait des conséquences. Il devait donc se comporter en gentleman.

Après avoir enfilé un jean et un T-shirt, il s'installa devant son ordinateur dans l'alcôve qui lui servait de bureau.

Les dernières nouvelles du royaume s'affichèrent à l'écran. Il lut en priorité la rubrique de Jennifer. Elle s'était contentée de quelques lignes sur le fait qu'il avait dîné au restaurant en compagnie d'une jeune femme, surmontées d'une photo. Elle avait certainement vu en elle une copine passagère.

C'était parfait. Heather n'avait rien à craindre.

Pour l'instant du moins. Car si l'auteur de la menace n'était pas arrêté, elle l'accompagnerait aux événements prévus. Même sans y assister, Jennifer apprendrait que sa compagne n'avait pas changé et commencerait à se renseigner sur elle.

Axel n'avait jamais demandé à son frère d'intervenir en sa faveur. Cependant, comme il s'agissait de protéger Heather le temps que la comédie soit terminée et son rôle de garde du corps révélé, il l'appela.

— J'ai un problème, déclara-t-il sans préambule. Heather et moi sommes sortis hier soir, or Jennifer Stoker se trouvait dans le même restaurant. Elle s'est contentée de parler de moi, et je souhaite qu'elle en reste là. J'ai donc besoin de ton aide.

— De quelle manière ? demanda Liam.

— Le directeur de son journal est ton ami, n'est-ce pas ?

— Tu veux que je lui demande d'étouffer l'histoire ? Ça pourrait lui mettre la puce à l'oreille.

— Pas si tu es franc, que tu lui parles de la menace, le mets au courant de notre ruse, et lui promets l'exclusivité de la révélation une fois cette affaire terminée s'il *ordonne* à Jennifer de cesser de s'intéresser à nous.

— Tu me demandes de promettre une exclusivité ?

— Oui, mais à une condition. L'histoire devra se concentrer sur la menace de mort et non sur la vie de Heather. Lis son dossier et tu comprendras.

— Je l'ai lu quand elle a été choisie pour vivre avec toi. Tu as raison, elle ne mérite pas de voir sa mission en Afghanistan venir à nouveau bouleverser sa vie.

— Ça veut dire que tu acceptes ?

Liam rit.

— Oui, mais tu me demandes un sacré service, donc tu seras mon débiteur.

Axel grimaça.

— Je prendrai ta place au prochain événement auquel tu n'as pas envie d'assister.

— En fait, il y en a trois.

— Un suffira, répliqua Axel avant de raccrocher.

Ce problème réglé, il allait appeler les cuisines pour leur commander un petit déjeuner, mais se ravisa. Ne tenant pas à ce que Heather découvre l'article, aussi innocent soit-il, à son réveil sans y avoir été préparée, il l'appela. Pas de réponse. Elle était peut-être sous la douche. Il lui envoya donc un SMS :

Ne regardez pas les nouvelles avant de m'avoir vu.

Au bout de vingt minutes, Axel s'inquiéta. Un garde du corps répondait aux appels de son employeur. Elle pouvait avoir glissé dans la douche et être inconsciente au sol. S'efforçant de ne pas paniquer, il alla frapper à sa porte. Au troisième coup, il entra. Elle se redressa dans son lit, visiblement réveillée en sursaut, le regarda stupéfaite, remonta le drap jusqu'à son cou, puis s'exclama :

— Que diable faites-vous dans ma chambre ?

Encore sous le coup de la peur, il rétorqua :

— Pourquoi n'êtes-vous pas encore levée, et pourquoi n'avez-vous pas répondu à mon appel ?

— Mon téléphone n'a pas sonné. C'est bizarre.

Rassuré, Axel se calma.

— Peu importe. Jennifer a publié un court article sur nous et je voulais vous en avertir.

— Est-ce si mauvais ?

— Non. Elle n'a pas fait de recherche sur vous.

Heather poussa un soupir de soulagement. Le soulagement d'Axel était d'une tout autre nature. Il s'était inquiété pour rien. Elle allait bien !

Histoire de se donner une contenance après son entrée intempestive, il traversa la chambre pour ouvrir les rideaux. Le soleil matinal inonda la pièce.

— Jennifer s'est contentée de dire que j'étais allé au restaurant accompagné. Bon, maintenant, dites-moi ce que vous voulez pour votre petit déjeuner que je demande à un chef de monter, et préparez-vous, nous devons assister à une cérémonie ce matin.

Alors qu'il s'éloignait de la fenêtre, Axel aperçut une bande de peau laiteuse dévoilée par le drap. Il s'arrêta net. Elle dormait nue ?

Ayant visiblement remarqué le changement de direction de son regard, Heather resserra du coude le drap contre sa taille.

— Très bien, je me dépêche. Sortez, maintenant.

— D'accord ! Inutile de me remercier de vous avoir avertie avant que vous n'ayez vu l'article et paniqué. Ni d'avoir demandé à Liam d'user de son influence pour bloquer tout autre article de Jen. Ou encore de m'être inquiété vu que vous ne répondiez ni à mon appel ni à mes coups à la porte.

— C'est bon, merci. Sortez, à présent !

Axel obéit, troublé par les images du corps de Heather qui envahissaient à présent son cerveau. Soudain, elle n'était plus sa supposée petite amie, mais la femme qu'il désirait.

Et elle lui plaisait doublement après avoir vu un peu plus qu'il n'était censé voir. Or son regard vagabond avait créé un malaise entre eux. Si le chef venait leur cuisiner le petit déjeuner, ils seraient encore plus gênés. En conséquence, l'homme le sentirait et douterait de la réalité de leur couple. Leur seule chance de retrouver leur attitude normale était de rester en tête à tête. L'un d'eux devrait donc se mettre aux fourneaux. Lui plus probablement car lui demander de le faire serait du sexisme.

Une fois dans la cuisine, Axel examina le contenu du réfrigérateur. Des œufs, du pain de mie. Parfait. Préparer une omelette et des toasts devrait être dans ses cordes. Il mit deux tranches de pain dans le grille-pain, puis alluma la cafetière électrique. Heather pourrait boire un café en le regardant cuisiner. Cela détendrait l'atmosphère.

Au moment où les tranches sautaient, elle entra dans la cuisine, vêtue d'un pantalon de yoga et d'un T-shirt, semblant toujours lui en vouloir.

Il lui tendit une tasse de café.

— Voici une offrande de paix pour m'être attardé dans votre chambre. J'aurais dû en sortir une fois mon message transmis.

Elle lui lança un regard revêche.

— Y a-t-il du lait dans cette cuisine ? Elle semble n'être jamais utilisée.

— Je vous en apporte, répondit-il en se dirigeant vers le réfrigérateur. Quant à la cuisine, il lui arrive de servir, mais pas tous les jours. D'ordinaire, je prends mon petit déjeuner en famille. Toutefois, si j'ai une réunion très matinale, un cuisinier monte me le préparer.

— Vous êtes un enfant gâté.

— Non, et je vais vous le prouver en vous en préparant un.

— Vraiment ?

— J'ai vu le personnel le faire des centaines de fois. Je devrais m'en sortir.

— Si vous le dites.

Axel beurra les toasts et les mit sur deux assiettes qu'il posa sur l'îlot central devant lequel elle s'était assise avec son café.

— Votre toast.

— Je vous remercie.

La boîte d'œufs à la main, il chercha une poêle dans les placards.

— En général, on met les poêles dans les tiroirs du bas, lui indiqua-t-elle d'un geste.

— Bien sûr.

Il en trouva une qu'il agita triomphalement devant elle.

— Merci pour votre aide.

— Je vous en prie.

Axel cassa un œuf au-dessus de la poêle comme il l'avait vu faire tant de fois par les cuisiniers. Le jaune s'étala. Il se tourna et adressa un sourire à Heather.

— Des œufs brouillés, ça vous va ?

— C'est parfait.

Il en cassa cinq autres, puis attrapa une cuillère en bois

pour les remuer, mais les blancs avaient déjà pris et il n'arrivait pas à les décoller de la poêle.

— Il aurait été judicieux de mettre du beurre avant les œufs, pour les empêcher d'adhérer, dit Heather.

Axel chercha un instrument plus approprié et racla le fond de la poêle.

— C'est loin d'être parfait..., dit-il en lui présentant le résultat.

Elle éclata de rire.

— Avez-vous jamais cuisiné ?

— Des toasts et du café. Mon expérience s'arrête là.

— Ne vous inquiétez pas, votre brouillade n'a pas si mauvaise allure.

— Vous auriez pu m'avertir plus tôt pour le beurre, répliqua-t-il en faisant glisser les œufs dans leurs assiettes.

— Et vous auriez pu attendre d'y être invité pour entrer dans ma chambre.

— Je vous l'ai dit, je me suis inquiété de ne pas avoir de réponse.

— Je sais, mais nous devons établir certaines limites.

Leur petit déjeuner terminé, et pendant que Heather allait se préparer, Axel racla la poêle, puis mit leurs assiettes et tasses dans le lave-vaisselle avant d'aller s'habiller à son tour. Il s'en voulait encore d'avoir fait irruption dans sa chambre sans invitation, mais l'idée qu'il puisse lui être arrivé malheur lui avait été intolérable. Par chance, il s'était rattrapé en lui faisant le petit déjeuner au lieu de faire monter un chef.

Une pensée le frappa. Cuire ces œufs, même imparfaitement, était la chose la moins royale qu'il ait jamais faite. Il avait agi comme un homme normal.

Un homme qui s'excusait auprès d'une femme qu'il avait offensée.

Un petit rire lui échappa. Elle l'avait harcelé en tant que

garde du corps, tenté au clair de lune et s'était moquée de ses capacités culinaires, et il se sentait normal ?

Non. Il était heureux. Son sentiment de solitude avait disparu, tout comme celui du manque de sens de sa vie. Avec Heather, il était lui-même, et c'était tout ce qu'il voulait être.

Elle lui plaisait, il la respectait, il n'irait pas plus loin avec elle, mais il profiterait de leur temps ensemble.

Au cours de la cérémonie militaire de remise de médailles, Heather portait une ravissante robe blanche qui, en virevoltant autour de ses jambes, lui en donna un aperçu affriolant.

Elle joua son rôle à la perfection. Parfois même, la chaleur de son regard lorsque ses yeux se portaient sur lui, lui coupa le souffle. Dès qu'ils rentrèrent à l'appartement, elle se changea pour un ensemble jean et T-shirt et reprit son attitude professionnelle. Disparue sa gêne de la veille au restaurant. Disparu aussi son émoi après leur baiser.

Elle était redevenue normale, confiante dans le fait qu'ils tiendraient leur attirance à distance. Axel aurait pourtant beaucoup aimé l'explorer davantage...

Mais, primo, il s'était toujours comporté en gentleman. Secundo, il n'avait pas envie de la fâcher de nouveau.

Bien que souhaitant maintenir la paix entre eux, il était aussi réaliste. Plus ils étaient à l'aise ensemble, plus cette attirance avait des chances d'aller plus loin...

7

Une fois Axel parti à une réunion après déjeuner, Heather se retrouva seule dans l'appartement.

Russ avait attribué d'autres gardes du corps au prince, mais ne s'était pas soucié de ce qu'elle ferait de son temps libre.

Ne sachant comment l'occuper, elle afficha sur sa tablette la version en ligne du principal journal de l'île. Le compte rendu de la cérémonie du matin y figurait accompagné d'une photo d'eux en train de se sourire.

Leur dîner de la veille ayant eu pour but de planter le décor de leur comédie afin que personne ne soit surpris de la voir l'accompagner ensuite, c'était normal. Elle apprécia de se voir en robe après une si longue période en tenues décontractées. Cela la changeait. Ça lui allait bien. Très bien, même. De surcroît, elle avait l'air... heureuse.

La cérémonie l'avait émue. Heather avait éprouvé de la fierté pour ces militaires qui recevaient des mains d'Axel galons et médailles pour services distingués, peut-être parce qu'elle connaissait le dévouement et les sacrifices qu'ils étaient appelés à faire dans leur travail.

Mais elle avait aussi été fière d'Axel qui, dans la voiture, lui avait confié être à l'origine de cette cérémonie. Il gardait un œil sur les états de service, et choisissait ceux dignes d'être récompensés.

L'ayant considéré comme un prince surtout amateur de plaisir, son initiative l'avait surprise. Or il était sérieux, la manière dont il avait réorganisé l'administration du palais en témoignait. Il travaillait même dur, se penchait plus profondément sur les dossiers que beaucoup.

Après tout, être fière de lui n'avait rien de répréhensible. Il était excellent à son poste, et méritait d'être apprécié.

C'était plutôt son propre bonheur qui inquiétait Heather, et sa manière de comprendre Axel, d'éprouver de l'empathie pour lui. D'accord, il était beau à couper le souffle, mais il commençait à trop lui plaire.

Deux heures plus tard, dès son retour dans l'appartement, il fila droit dans sa chambre. Lui en voulait-il d'avoir ri en le voyant massacrer la brouillade ? Non puisqu'il avait retrouvé le sourire après. De plus, il ne semblait pas du style à être rancunier pour une chose aussi futile.

Ne sachant comment se comporter, Heather s'installa dans le salon avec un livre.

Axel arriva un moment plus tard, une tablette à la main, et vint s'asseoir à côté d'elle.

Il sentait divinement bon. Se souvenant à temps qu'elle était en mission, que son devoir consistait à le protéger et non à se pâmer devant cet homme d'un milieu social supérieur au sien, elle posa son livre.

— Vous m'avez parlé d'établir des limites ce matin. J'ai donc décidé de dresser une charte de cohabitation. Comme nous ignorons combien de temps nous allons devoir vivre ensemble, il serait utile d'établir aussi la liste de nos droits, et responsabilités.

Voilà pourquoi il avait passé vingt minutes dans sa suite.

Il la croyait encore fâchée de son intrusion dans sa chambre et voulait faire amende honorable. En plus d'être adorable, cela lui prouvait qu'il tenait à faire en sorte que leur relation reste sereine.

— Excellente idée. Vous pensez à quelque chose du style « ne pas pénétrer dans la chambre de l'autre » ?

— Sauf sur invitation.

Dans la seconde, un afflux de scénarios selon lesquels il l'y convierait lui envahit la tête. Heather se souvint alors de son malaise d'avoir été à la totale disposition de Glen. Cela suffit à les faire disparaître.

— Vous n'y serez pas invité.

— Vous semblez bien sûre de vous.

— Je le suis.

— Voyons, Heather.

Son ton sceptique la poussa à répliquer sèchement :

— Vous semblez oublier que j'ai retenu la leçon après mon divorce d'avec mon fichu mari.

— En fait, vous ne m'avez jamais parlé de votre ex. Était-il si mauvais au lit qu'il vous ait dégoûtée du sexe ? Car si c'est le cas, j'ai un remède.

— Non. C'était un salaud, mais il n'était pas nul au lit.

— Alors vous aimez faire l'amour ?

Furieuse d'être tombée dans le piège, elle lui décocha un regard noir.

— J'essayais juste de couvrir tous les points de notre charte de cohabitation. Je ne voudrais pas avoir à la corriger.

— En écrire une est inutile. Nous ne cohabiterons pas assez longtemps pour en avoir besoin. Encore un jour ou deux au maximum.

Axel poursuivit comme si elle n'avait rien dit :

— Donc, après le paragraphe détaillant nos noms et

situations, je note : « Ne pas pénétrer dans la chambre de l'autre sans invitation. »

— Vous tenez à préciser « sans invitation » ?

— Oui, sinon le jour où nous céderons enfin à la passion nous devrons nous limiter au canapé ou au sol.

Elle ne put s'empêcher d'éclater de rire.

— Vous êtes franchement bizarre.

— Pas de la même manière que votre ex-mari, j'espère. Mais mon offre de remède tient toujours, ne l'oubliez pas.

— Assez plaisanté, déclara-t-elle en se levant. Je vais me préparer pour le dîner.

Sur le chemin de sa chambre, Heather sourit. Parfois, Axel n'était qu'un homme normal. En dépit de son origine sociale, il la traitait en égale. En cela, il était à l'opposé de Glen.

Le soir, ils dînèrent dans un autre restaurant. Des journalistes les photographièrent et les assaillirent de questions à leur descente de voiture.

De retour dans l'appartement, Axel alla prendre une feuille dans un tiroir du petit bureau, qu'il lui tendit.

— Voilà notre charte de cohabitation. Vous pouvez la signer.

Sous le paragraphe préliminaire, seule figurait l'interdiction d'entrer dans la chambre de l'autre sans invitation.

— Où sont les autres clauses ?

— Vous avez quitté la pièce. J'en ai déduit que vous ne vouliez rien d'autre. Me suis-je trompé ?

Se sentant un peu stupide, elle lui rendit la feuille.

— Non. À moins d'ajouter que vous cesserez de cuisiner.

— J'y avais pensé, mais s'entraîner permet d'apprendre. J'aurai peut-être besoin de cette compétence un jour.

— Vous entraîner sur moi ?

— Pourquoi pas ?

— Un jour ou deux ne suffiront pas.

— Deux jours signifient six repas. Enfin, pas tout à fait car nous prendrons le petit déjeuner avec mes parents dimanche.

Heather s'inquiéta. Elle avait passé une semaine avec le roi, la reine et leurs jumeaux une fois, mais un petit déjeuner en compagnie d'eux et d'Axel serait plus difficile à gérer. Sa famille étant au courant de la situation, comment se comporter ? Tous deux avaient acquis une grande aisance ensemble, interdite dans sa fonction ordinaire. Elle allait devoir veiller à rester plus professionnelle.

— Dois-je vraiment y assister ?

— Bien sûr, c'est une tradition dominicale. En plus ma famille vous adore. Si nous n'y allons pas, ils risquent de penser que nous restons ici pour profiter de notre prétendue relation.

— C'était l'idée de votre père.

— Mais c'est moi qui dois avoir l'air épris. Croyez-vous cela facile pour un homme sans... un peu d'encouragement ?

Heather éclata de rire.

— Nous avions tous deux l'air plutôt épris sur la photo publiée ce matin.

Le visage d'Axel se fit sérieux.

— Vous avez raison.

Le silence tomba sur la pièce. Elle se remémora leur baiser. Si un jour ils faisaient l'amour, ce serait probablement extraordinaire car un lien profond les unissait. La passion se doublerait d'émotion.

Devrait-elle cesser de rêver, ou profiter de la liberté qui leur était accordée avant d'être affectée à la sécurité de ses grands-parents ?

— Bon, il ne vous reste plus qu'à signer l'accord et le laisser sur la table, déclara Axel. À demain matin.

Heather fut déçue, mais le savait trop correct pour la mettre dans une situation délicate. Elle savait aussi qu'il était reparti dans sa chambre déçu lui aussi.

Le dimanche matin, Heather retrouva Axel dans le salon. Il était magnifique en jean, avec un T-shirt moulant son torse et ses cheveux lâchés.

— Vous êtes superbe.

Elle entendit à peine le compliment en réalisant que sa robe framboise et ses escarpins assortis détonnaient avec sa tenue décontractée.

— Mais vous êtes trop habillée, ajouta-t-il.

— On dirait bien, mais n'ayant jamais pris de repas avec la famille royale, j'ignorais le code vestimentaire.

— Vous les connaissez pour les avoir déjà protégés, aussi allez vite vous changer. Rowan aime la ponctualité.

Heather s'exécuta en toute hâte.

— Parfait, déclara Axel à son retour. Votre petit derrière est ravissant dans ce jean.

— Voulez-vous bien vous taire, répliqua-t-elle.

— Dites ça devant Liam et vous gagnerez sa loyauté à vie.

— Ça ne m'étonne pas si vous l'avez tourmenté pendant toute sa jeunesse.

— Sa faute. Il était une cible facile.

Dans le couloir, les gardes saluèrent le prince, puis la saluèrent avec une réticence visible. Eût-elle été seule, ils l'auraient ignorée afin de lui montrer leur désapprobation pour flirter avec une Autorité.

Une fois entrée dans le penthouse du roi, Heather marqua un temps d'arrêt face à la splendeur des lieux. L'immense salon était prolongé par une grande terrasse avec une vue spectaculaire sur la mer à des kilomètres de là.

— Décontractez-vous, tout va bien se passer.

— Facile à dire. Je m'étais habituée à jouer le rôle de votre petite amie, or ici je ne suis plus qu'une garde du corps.

— Mais ô combien jolie, répliqua-t-il en lui touchant le bout du nez.

— Un peu de tenue !

Axel sourit.

— Voilà, j'ai retrouvé la fille dont je suis épris.

— Je vois, mon impertinence vous plaît.

— *Vous* me plaisez, tout simplement.

Elle ne releva pas ce propos, qui dans sa bouche sonnait si vrai. De retour dans leurs positions légitimes de prince et employée, ils ne pouvaient se montrer trop amicaux.

Liam, le premier à les apercevoir, quitta la table pour venir à leur rencontre.

— Bravo, Heather, pour votre performance à la remise de médailles. J'étais mort de rire en regardant la vidéo. Vous souriiez à mon frère comme si vous étiez vraiment amoureuse de lui !

— Bien obligée ou les femmes m'auraient prise pour folle, répliqua-t-elle en riant. Sa chevelure seule nous fait nous pâmer.

— Mes cheveux sexy sont *mon* truc.

Liam ricana avant de taper dans le dos de son frère.

— C'est ça. Venez maintenant, tout le monde vous attend.

Sur la terrasse, Rowan les accueillit avec deux flûtes de champagne.

— Des mimosas. Une tradition familiale.

Posant alors une main sur l'épaule de Heather, elle ajouta :

— Décontractez-vous.

Axel lui passa un bras autour de la taille.

— Oui, cool, chérie.

Rowan le regarda bouche bée.

Axel éclata de rire.

— Je joue mon rôle, histoire de me maintenir à niveau.

Heather soupira. Elle était déjà assez nerveuse sans qu'il fasse le pitre !

— Tu peux être si exaspérant, dit Rowan. J'imagine qu'il vous empoisonne la vie, Heather.

— C'est encore supportable.

Jozef Sokol les accueillit alors à son tour.

— Bienvenue parmi nous, Heather.

— Merci, Votre Majesté.

Rowan la fit asseoir entre elle et Axel. Les jumeaux installés dans leurs chaises hautes de chaque côté du roi en bout de table babillaient gaiement. La petite fille, Georgie – diminutif de Georgetta –, avait les cheveux noirs de son père. Le petit garçon, Arnie, ceux auburn de sa mère.

— Ils sont si beaux, dit Heather.

Rowan sourit.

— Je sais. Les gènes Sokol sont excellents.

— Certainement, mais je vois beaucoup de vous en Arnie.

— Oui. Il a toutefois le côté fougueux de son père.

Là-dessus, le roi fit circuler un plateau de croissants et le petit déjeuner se déroula dans une convivialité qui aurait paru normale à Heather si elle n'avait pas eu l'impression de vivre un véritable conte de fées. Le repas s'achevait lorsque Rowan jeta un coup d'œil à sa montre.

— Je n'avais pas vu l'heure. Ces deux petits bouts font une sieste matinale.

Elle appela alors Nelson, leur nounou, qui arriva aussitôt, puis prit Arnie dans ses bras.

— Je vais vous aider, dit Axel à Nelson. J'ai été trop occupé cette semaine pour leur accorder une minute.

Il souleva alors Georgie hors de sa chaise haute et lui embrassa le front.

— Tu sais que tu m'as manqué, ma puce.

Et cela se lisait sur ses traits, songea Heather. Il aimait les jumeaux, et les jumeaux l'aimaient. Quel dommage qu'il n'ait aucune intention de se marier et de fonder une famille. Il aurait été un merveilleux père.

Comme Rowan quittait la terrasse derrière Nelson, Axel se tourna et lança un regard éloquent à son frère. Le cœur de Heather palpita. Il semblait dire à Liam de ne pas la lui voler. Pourquoi ? Ils n'étaient pas en couple.

Mais ils partageaient un lien spécial.

Qu'ils devaient ignorer. Elle espéra être la seule à avoir remarqué ce regard.

Le roi s'éloignant pour répondre à un appel téléphonique, Liam déclara :

— Mon père, Rowan et les jumeaux vous adorent. Vous avez fait forte impression à tout le monde.

— Pas à la presse, j'espère.

— Aucune inquiétude. Après votre première sortie au restaurant, à la demande d'Axel, j'ai contacté un ami propriétaire du journal où écrit Jen. Il m'a promis de cesser les publications vous concernant en échange de l'exclusivité des révélations une fois la ruse terminée.

— Mais ne vont-ils pas se pencher sur mon passé à ce moment ?

— Non. Axel a l'intention d'orienter les révélations sur la menace de mort et non sur le rôle des gardes du corps.

— Ne croyez-vous pas qu'avoir demandé au journal de ne pas parler de moi va les pousser à faire des recherches ?

— Mon frère saura les en dissuader. Il est doué pour ne pas compromettre les gens.

Le silence retombant entre eux, Heather choisit le sujet le plus évident pour relancer la conversation.

— Les jumeaux sont vraiment adorables.

— Oui. Notre famille a beaucoup changé depuis l'arrivée de Rowan. Un changement positif. La voir ce matin avec papa et les enfants m'a fait réaliser que mon père n'avait pas tort de s'être énervé avec moi.

— Que lui avez-vous fait ?

— Je ne lui ai pas encore donné d'héritiers.

Elle rit.

— Pour une Américaine, c'est peut-être drôle, mais le problème est sérieux ici. C'est un sujet de spéculation pour les journaux. Quand ils ne harcèlent pas Axel dont la vie leur semble plus amusante que la mienne. Pourtant il a fait des miracles en reprenant la direction de l'administration.

— Il a trouvé son rôle au palais, dirait-on.

— Je le croyais jusqu'au moment où je l'ai surpris rentrant en catimini après sa virée dans un bar malfamé d'où vous l'avez extirpé *manu militari*. Il était fou de rage contre vous. Il voulait vous virer.

— En toute honnêteté, je l'ai énervé en gâchant sa soirée, puis son jogging le lendemain matin, et maintenant je vis dans son appartement.

— Il n'apprécie probablement pas de vous avoir en permanence sur le dos.

— Mon devoir est de le protéger.

— J'en suis heureux. Nous prenons les menaces de mort au sérieux. Je vous sers un autre mimosa ?

— Non, je vous remercie.

Au moment où elle répondait, Axel revint sur la terrasse.

— Vous refusez un mimosa ?

— J'en ai déjà bu deux.

— Les poids plume ! s'exclamèrent en chœur les deux frères.

Les voir partager une plaisanterie la fit rire. Puis une vague de mélancolie la submergea. Elle n'était pas à sa place, n'était qu'une employée ici et pas censée partager leurs repas ni avoir des conversations personnelles avec eux.

Dire qu'elle avait dîné dans deux restaurants huppés, dansé dans un club dont on lui aurait refusé l'entrée si son partenaire n'avait pas été Axel, se déplaçait en limousine et avait une garde-robe remplie de superbes vêtements.

Et elle avait embrassé un prince beau comme un dieu...

La voix d'Axel la ramena à la réalité.

— Venez, nous devons aller nous changer. Je présente la nouvelle direction de Lilibet cet après-midi.

— Lilibet ?

— C'est le nom de la galerie. Le propriétaire l'avait baptisée ainsi à la naissance de sa fille. Il est mort subitement l'an dernier, et elle a repris le flambeau.

— Désolée, j'avais oublié. Allons-y.

— Je vous retrouve là-bas, dit Liam.

— Tu ne veux pas partager notre limousine ?

— Non. Tu fais le discours, à toi la vedette. Je ferai un saut un peu plus tard. Au fait, tu devais m'organiser un rendez-vous. Tu t'en souviens ?

— Oui, je m'en souviens, ricana Axel.

Heather se demanda de quoi ils parlaient, mais Axel lui mit une main au bas du dos et la dirigea vers la sortie.

Ce simple geste lui donna l'impression d'être de nouveau en plein conte de fées. La chance d'une vie. Ce genre d'histoire n'arrivait pas aux filles ordinaires de Louisiane.

Mais elle n'était pas la petite amie du prince et cette comédie allait vite prendre fin. Les agents sous couverture qui s'étaient rendus au bar n'avaient rien observé d'inhabituel, ni aucun bavardage à propos du prince. Selon Russ, l'auteur de la menace avait dû agir seul et sur une impulsion.

Dès le lendemain, elle serait probablement envoyée à Paris chez les parents du roi. Et elle ne reverrait plus jamais Axel. Même si cela était pour le mieux, elle allait regretter le prince, ses blagues stupides et leur charte de cohabitation.

Mais plus encore, elle regretterait de ne plus l'embrasser.

8

À la grande surprise de Heather, Lilibet n'était pas une très jeune fille, mais une adulte qui avait fait ses études en France avec Axel, puis avait passé quelques années à travailler au Metropolitan Museum of Art à Manhattan. Avec sa silhouette mince, ses cheveux d'un brun sombre et ses yeux plus violets que bleus, Lilibet Wells était l'image même d'une jeune femme équilibrée, cultivée et chaleureuse. Et celle qui reprenait cette galerie du quartier branché de la capitale au cours de cet événement auquel assistait une foule élégante.

Tandis qu'Axel lui présentait cette pétillante camarade de classe, l'envie de parler d'elle avec Liam la submergea. Mais, même s'ils avaient discuté amicalement le matin, elle ne pouvait pas abuser de sa situation exceptionnelle et devait conserver sa place. Pourtant, ses liens avec lui, Axel, le roi et la reine ne lui paraissaient pas être de la comédie. Elle aimait ces gens.

La réouverture de la galerie se passa à merveille. Vers la fin, alors qu'ils s'éclipsaient par la porte arrière, son bras passé sous celui de son prétendu petit ami, Heather fut soudain sur le qui-vive. Elle jeta un coup d'œil alentour, ne vit rien d'anormal, mais éprouva une étrange sensation. C'était physique, un sixième sens qui aiguisait son instinct.

Comme Leo leur ouvrait la porte de la limousine et qu'Axel lui faisait signe d'entrer la première, elle l'attrapa par les épaules. Quasi simultanément, un claquement sec résonna, très reconnaissable, identique à celui entendu juste avant qu'elle ne voie s'écrouler Maryanne Montgomery.

Heather poussa Axel dans la voiture, puis s'y jeta à sa suite tandis qu'un second coup de feu retentissait.

— Que se passe-t-il ? demanda Axel.

Les autres gardes de service envahissant l'allée, Heather poussa le prince sans ménagement, et cria :

— Sortez-nous de là, Leo !

Le chauffeur se précipita au volant et démarra sur les chapeaux de roues. Une voiture d'escorte les suivit, et le cortège regagna le palais, à une vitesse record.

Dans le grand hall, Axel demanda :

— Que diable est-il arrivé ?

— On vous a tiré dessus.

— Quoi ?

— Ce n'était certainement ni Leo ni moi qui étions visés.

Se tournant alors vers les deux gardes du corps, elle ajouta :

— Escortez le prince jusqu'à son appartement et ne le lâchez pas de vue.

— J'ai été informé par téléphone de ce qui s'est passé, dit Russ arrivé sur ces entrefaites. Vous avez agi avec une remarquable célérité, m'a-t-on dit.

— Si le tireur avait été meilleur, ou si le prince n'avait pas baissé la tête une seconde plus tôt...

Trop émue par la vision qui venait de se former dans sa tête, Heather ne put terminer sa phrase.

— Vous comprenez maintenant l'importance de votre rôle dans cette ruse. Suivez-moi. Le roi va nous rejoindre dans mon bureau, j'ai besoin de tous les détails avant son arrivée. Après, il faudra préparer un communiqué officiel.

Heather attendit d'être dans le bureau pour répondre :

— À l'extérieur de la galerie, j'ai eu une étrange impression. J'ai appris à écouter mon sixième sens, aussi j'ai attrapé le prince un millième de seconde avant d'entendre un coup de feu, et l'ai poussé dans la voiture. Ensuite, j'ai demandé à Leo de nous sortir de là.

— Vous lui avez sauvé la vie. C'est pour cela que vous avez reçu cette mission. Vous avez un instinct très sûr.

— Où est mon fils, et que s'est-il passé exactement ? demanda le roi Jozef en arrivant.

Russ et Heather se levèrent avant de se rasseoir sur un signe du monarque. Russ répondit :

— Il est en sécurité dans son appartement.

Heather refit alors le récit de l'attaque et de leur fuite.

Le roi se tourna à nouveau vers Russ.

— Avez-vous des nouvelles sur l'auteur de la menace ou sur l'homme du bar ?

— L'auteur de la menace est un ancien marine renvoyé de l'armée pour conduite déshonorante.

— Était-il un tireur d'élite ?

— Dieu merci, non. Il a cependant fréquenté des terrains de tir au cours des dernières semaines.

— Arrêtez-le.

— On y travaille. Selon les clients réguliers, l'homme qui a dragué Heather au bar n'était pas un habitué, nous a dit notre agent sous couverture chaque soir là-bas. Il n'y est pas retourné depuis, et reste introuvable.

Le roi s'adressa alors à Heather :

— Ne quittez pas mon fils d'une semelle jusqu'à ce que le tireur soit arrêté.

— Oui, Votre Majesté.

— Buvez ce verre d'eau et reposez-vous ici, le temps de vous remettre, dit Russ une fois Jozef Sokol sorti.

— Je vais bien. Ça fait un moment que je ne m'étais pas trouvée dans une telle situation. L'entraînement a du bon, les réflexes reviennent sur-le-champ.

— Oui, mais vous avez besoin de reprendre vos esprits avant de remonter dans l'appartement. Le prince y est bien entouré. De nouvelles caméras sont en train d'être installées sur les murs d'enceinte et autour de ses quartiers. De plus, l'effectif des gardes sera triplé pendant les prochains jours. Jusqu'à ce qu'on ait attrapé le tireur et soyons assurés qu'il a agi seul, sans renfort extérieur.

Après avoir fait les cent pas, Axel sortit du salon tout en précisant aux deux gardes qui s'y tenaient avec lui :

— Je vais prendre une douche.

Les deux hommes avaient ratissé sa suite, y être seul ne devrait donc pas poser de problème. En outre, il avait besoin de se laver les idées après cet incident.

Qu'on ait tenté de le tuer, lui dont la vie était si terne qu'il envisageait d'en changer, le stupéfiait. Mais l'avait-on fait parce qu'il était allé dans ce maudit bar, ou parce qu'il était une cible plus facile que son père ou son frère ?

Il se déshabilla, puis passa dans la salle de bains.

Tandis que l'eau ruisselait sur son corps, une pensée le fit sourire. De simple prince suppléant, il était passé bouc émissaire du mécontentement d'un inconnu.

Sa vie était pleine d'imprévus.

Une fois sec, il se ceignit les hanches d'une serviette au cas où les gardes auraient décidé de l'attendre dans sa chambre.

Au sortir de la salle de bains, il vit Heather. Avant qu'il ait pu parler, elle vint se jeter contre lui. Le cœur d'Axel se serra au vu de la peur, de la joie et du trouble inscrits sur son visage. Mais lorsqu'elle éclata en sanglots, son cœur se fendit. Il s'en voulut de lui avoir causé tant d'inquiétude.

— Hé, je croyais que les gardes du corps ne pleuraient jamais.

— Jamais sur le moment, dit-elle en relevant la tête. Nous attendons que notre Autorité soit hors de danger pour évacuer nos émotions dans la solitude.

Il rit avant de réaliser que les bras de Heather étaient entourés autour de sa taille nue, et leurs corps on ne peut plus proches.

Heather dut le réaliser aussi car leurs regards se croisèrent, chargés de désir. Axel inclina lentement la tête. Elle releva la sienne et leurs lèvres se rencontrèrent en un baiser si doux qu'il sentit son cœur fondre. Refermant ses bras autour d'elle, il approfondit le baiser. Elle répondit en remontant les mains le long de son dos. Une vague brûlante déferla dans ses veines, accompagnée d'une terrible envie de faire glisser la fermeture Éclair de sa robe, de toucher sa peau. Le gentleman en lui le retint. Elle lui avait déjà dit vouloir s'arrêter là.

Axel releva la tête, Mais Heather resserra son étreinte.

— Nous ne pouvons pas aller plus loin.

Dardant ses yeux verts dans les siens, elle répondit :

— J'ai failli vous perdre, aujourd'hui.

L'émotion contenue dans sa voix le troubla davantage. Elle le voulait.

Lui aussi la voulait.

Il reprit possession de ses lèvres. L'émotion les enveloppa d'un cocon de douceur. Soudain, elle le lâcha, descendit la fermeture Eclair de sa robe puis aida le tissu à glisser le long de son corps avant de l'enjamber et d'ôter ses escarpins.

Bien qu'elle ait fait le premier pas, Axel voulut s'assurer de son accord.

— Êtes-vous certaine de me vouloir ?
— Plus que jamais.

Lui passant un bras autour des épaules et l'autre sous les genoux, il la souleva et la déposa sur le lit.

Oubliées, l'atteinte à sa vie et la peur rétrospective. En cet instant il ne voulait plus penser qu'à elle, qu'à eux. Surtout pas aux gardes probablement en faction dans le couloir ou le salon.

Le corps en feu, Axel détacha le soutien-gorge de Heather, fit glisser son slip le long de ses jambes, puis caressa son corps nu.

L'espace d'une seconde, Heather songea à ses collègues présents dans le salon. Toutefois, après avoir failli perdre son prince une heure auparavant et sachant que c'était sa seule chance de faire l'amour avec lui, elle écarta les gardes de sa pensée. L'enquête allait bientôt aboutir, elle serait envoyée à Paris, et Axel n'aurait plus besoin d'un garde du corps à demeure.

Lui posant une main sur l'épaule, elle le repoussa sur le lit.
— À quoi joues-tu ?
— J'utilise ma force.

Son rire fut une musique à ses oreilles. Elle l'embrassa puis laissa glisser ses lèvres le long de son cou et de son torse. Arrivée à son abdomen, elle murmura :
— Très ferme.
— T'entendre approuver ma forme me rend heureux de fréquenter régulièrement la salle de sport.

— Sur ce point, tu as ma totale approbation.

Heather poursuivit son exploration plus bas. Soudain, Axel la renversa sur le dos et lui emprisonna les mains au-dessus de la tête. Il lui embrassa alors tout le corps, et la caressa jusqu'à ce que chacun de ses muscles frémisse.

Lorsqu'ils s'unirent, elle éprouva un sentiment de béatitude suprême. Faire l'amour avec l'homme idéal – même si ce n'était que temporaire – était si extraordinaire que son cœur se gonfla de tendresse et son âme s'ouvrit totalement à lui.

9

Allongé près de Heather, Axel savourait son bien-être. Faire l'amour avec elle avait été exceptionnel. Tantôt douce, tantôt audacieuse, elle l'avait comblé.

Au cours des heures précédentes, son monde avait été retourné sens dessus dessous. On lui avait tiré dessus. La personne dont il était le plus proche l'avait sauvé. Puis elle était venue le retrouver dans sa chambre et lui avait confirmé qu'il n'était pas fou. Il y avait bien un réel lien entre eux, quasi animal, affectif, mais aussi rare et merveilleux.

Après les événements de la journée, ils avaient tous deux eu besoin de cette conclusion, mais cela ne pourrait durer. Avec un gars en vadrouille qui voulait sa peau par désir de revanche, pour une raison politique ou pour entrer dans l'histoire, sa vie pouvait basculer à tout moment. Savoir cela l'avait incité à faire ce qu'il n'aurait pu faire en temps normal.

S'il ne profitait pas de chaque minute avec Heather, il le regretterait.

— Tu veux faire une petite sieste ?

Elle ouvrit instantanément les yeux.

— En fait, j'ai très faim.

— Pas de problème, je vais appeler le chef.

— Attends, je dois d'abord réfléchir à une manière élégante de quitter ta chambre.

— Eh bien, te recoiffer serait un bon début, dit-il en enroulant une mèche blonde autour d'un doigt. Ensuite, tu n'auras qu'à prendre ma tablette comme si nous venions d'étudier ensemble une stratégie.

Heather sourit, admirative.

— Dis donc, tu es doué pour donner le change.

— J'ai une longue expérience des fugues. Le plus difficile est de passer inaperçu. Pour cela, dès le collège, je me suis débrouillé pour être toujours photographié en uniforme d'école ou en tenue formelle. Ainsi personne ne faisait attention à moi en jean. Et j'ai appris à déguiser ma voix.

— Bravo. Tu es vraiment bon.

Axel l'embrassa.

— J'aurais préféré recevoir cette appréciation pour ma prestation au lit.

— Tu as été parfait, mais tu le sais.

Un grand sourire lui monta aux lèvres.

— Et toi, merveilleuse. Nous aurions dû faire ça plus tôt.

Sautant du lit, Axel noua la serviette autour de ses hanches, amassa la robe de Heather et déclara :

— Allez, debout. Tu veux prendre une douche ou te rhabiller ?

— Rester au lit me va. Nous pourrions même y dîner, puis faire un câlin.

— Ça me convient, mais ta réputation risquerait d'en pâtir.

— C'est vrai, répliqua-t-elle en grimaçant.

— Dans ce cas viens prendre une douche avec moi. Ensuite, nous sortirons ensemble, tablette en main, en discutant d'une stratégie de sécurité.

Ce qu'ils firent. Mais se soucier des gardes avait été inutile car ils avaient été remplacés et se tenaient dans l'entrée.

Au moment d'appeler la cuisine, Axel leur demanda s'ils désiraient aussi manger. Ils refusèrent.

Tandis que le chef préparait leur dîner, ils allèrent appeler Russ afin d'avoir les dernières nouvelles de l'enquête. Il n'y en avait hélas aucune. Les agents dépêchés au domicile de l'auteur de la menace l'avaient trouvé vide. L'homme se cachait.

— Je devrais faire partie de l'enquête, intervint Heather.

— Pas question, s'exclama Russ. Depuis une semaine que vous sortez avec le prince, tout le monde connaît votre visage. Vous resterez officiellement sa petite amie. Maintenant je vous laisse car un chef est monté chez vous, Axel, m'a-t-on dit. Bon appétit et bonne soirée.

— Merci, Russ. Bonne soirée à vous aussi.

La communication terminée, comme Heather maugréait d'être tenue à l'écart, il lui prit la main.

— L'équipe en charge est excellente. Profitons plutôt de ce temps ensemble et allons dîner après cette journée riche en émotions.

Soudain il se souvint de ses mots : « J'ai failli vous perdre. » Lui aussi avait failli la perdre ! À cette pensée un étau lui comprima le torse. Fermant les yeux, il la serra dans ses bras.

C'était la raison pour laquelle il n'avait que de courtes liaisons. Cela l'empêchait de s'attacher. Perdre sa mère avait été suffisamment douloureux. Il ne pouvait se permettre de perdre une autre personne proche de lui. Le meilleur moyen de s'en assurer était donc de ne pas se rapprocher de quiconque.

Le lundi matin, Heather trouva très romantique et délicieux de se réveiller à côté d'Axel. Après avoir fait l'amour avec tendresse et s'être douchés ensemble, ils consultèrent les journaux en ligne.

L'incident à la galerie faisait toutes les unes. En réaction, tous les événements où Axel devait assister furent annulés jusqu'à nouvel ordre.

Au fil des jours, faute de nouvelle menace, l'effectif de sécurité s'allégea. Seuls deux gardes restaient en faction à l'extérieur de l'appartement. Ils retrouvèrent leur intimité. Un matin, elle lui prépara le petit déjeuner. Le lendemain, il la surprit avec une omelette parfaitement réussie.

Axel commença à quitter son bureau plus tôt pour aller nager avec elle dans la piscine du palais ou simplement passer une soirée câline. Heather était aux anges. Elle avait l'impression de vivre une lune de miel – surtout lorsqu'il leur fit préparer un dîner fin aux chandelles. Cette idée était pur fantasme, mais elle se pardonna car il était difficile de ne pas l'entretenir alors qu'ils vivaient en permanence ensemble dans leur bulle.

Deux semaines plus tard, le roi Jozef les convoqua dans son bureau avec Russ. Ce dernier fit son rapport :

— Rien de nouveau sur l'homme du bar. Quant à l'expéditeur du mail, il s'est volatilisé. Son nom n'apparaît toutefois pas sur les listes des passagers ayant quitté l'île par voie aérienne ou maritime. Nous avons épuisé les pistes pouvant nous mener à lui.

Le roi hocha la tête.

— Il pourrait rester longtemps dans la clandestinité. Étant donné le climat d'inquiétude dans le royaume, Axel doit réapparaître.

— Enfin ! s'exclama ce dernier. Le palais a beau être agréable, je n'en peux plus de naviguer entre mon appartement et mon bureau.

Quoiqu'un peu vexée de cette déclaration, Heather ignora son sentiment pour intervenir :

— Vous voudriez qu'il reprenne ses engagements publics, Votre Majesté ?

— Oui. On pensait commencer par une visite à la galerie quand vous sortirez d'ici. Les gens savent que Lilibet est une amie d'Axel et penseront qu'elle et vous sympathisez. Même s'il ne s'agit pas d'une occasion officielle, les clients remarqueront votre couple, et la nouvelle circulera.

— Vous n'utilisez pas votre fils pour faire sortir le suspect de sa cachette, j'espère, Monsieur ?

L'expression horrifiée du monarque la rassura.

— Absolument pas ! Jamais je ne risquerais sa vie ainsi. Mais Russ et moi souhaitons rassurer l'opinion publique. Quant au tireur, il imaginera que nous ne lui accordons plus d'attention.

— Et se sentira assez en sécurité pour réapparaître...

— C'est une possibilité. S'il le fait, tous nos hommes étant à l'affût, nous le coincerons. S'il continue à se terrer, Axel ne craindra rien, et le pays sera soulagé de retrouver la normalité.

Heather comprenait le raisonnement du roi, mais ne pouvait s'empêcher de frémir à l'idée d'un dérapage.

Axel en revanche adhérait totalement à ce changement de programme. Ce dont il lui fit part dès leur retour dans l'appartement.

— En sortant de chez Lilibet, je t'emmènerai dîner en terrasse quelque part.

— Voyons plutôt comment se passe cette première sortie avant de faire des plans.

Il soupira exagérément.

— Inutile de faire la moue. Je suis là pour te protéger. Tu devrais apprécier.

— Oh ! si tu savais à quel point je t'apprécie, répliqua-t-il avant de l'embrasser.

Elle le repoussa gentiment.

— Habillons-nous et filons.

Afin de donner plus de crédibilité au côté amical de leur visite, tous deux se mirent en jean et en polo.

Leo les attendait devant la limousine.

— Quel plaisir de vous revoir, Votre Altesse.

— Merci beaucoup, Leo. Je suis heureux de vous revoir aussi.

Une fois monté en voiture, Axel se mit à ronchonner :

— Ça fait du bien de respirer librement. Je ne me suis jamais senti aussi coincé.

— Tu avais accès au jardin et vivais dans un confort incomparable. Alors, arrête de râler, car je commence à trouver cela insultant pour moi.

— Je ne critique pas ta compagnie, loin de là. Je disais simplement qu'avoir été confiné rend une sortie extraordinaire.

Heather étudia son profil boudeur. Il avait tout ce qu'il était possible de désirer à sa disposition, mais en fait rêvait de choses ordinaires, celles que tout le monde prenait pour acquises. S'en rendait-il compte ?

Pour une question de sécurité, Leo délaissa l'entrée arrière où les avait attendus le tireur pour les arrêter devant la porte privée de la galerie. Lilibet les y accueillit.

— Je me suis fait du souci pour toi, Axel.

— Eh bien, tu vois, je suis indemne.

Pendant cet échange, Heather surveilla la salle et repéra quatre gardes en civil. Bizarrement, elle ne faisait confiance à personne d'autre qu'elle en ce qui concernait la sécurité d'Axel.

Remarquant son air inquiet, Lilibet la rassura.

— Il n'y a pas grand monde cet après-midi, mais les hommes du palais sont là. Alors, flânez en paix, nous exposons deux nouveaux artistes.

— D'accord, répondit Axel tout en prenant la main de Heather.

La manière dont la galeriste regarda leurs doigts entrelacés n'échappa pas à Heather. Ils trahissaient leur intimité. Une intimité de comédie devenue bien réelle, que leur entourage ne manquerait pas de remarquer, à commencer par le roi, son épouse et Liam. Ils sauraient – s'ils ne le savaient pas déjà – ce que tous deux faisaient derrière les portes closes de l'appartement d'Axel. Cela l'embarrassant, elle écarta aussitôt cette pensée. Au lieu de se soucier de ce qu'ils penseraient, elle avait un travail à faire. Assurer la sécurité du prince.

— Si vous avez un petit creux, dit alors Lilibet, il y a du café et des pâtisseries dans mon bureau. N'hésitez pas à venir m'y rejoindre.

Axel sourit.

— C'est bon pour l'instant. Je veux juste profiter de mon heure de totale liberté.

— Parfait. Je vous laisse aller admirer les nouvelles peintures.

10

À leur retour au palais, un message de Russ les convoqua pour le débriefing.

— Je n'en vois pas l'utilité, râla Axel. Tout s'est bien passé. Si l'homme se terre, je devrais être autorisé à reprendre ma vie normale sans rapporter mes moindres faits et gestes.

— Je n'étais pas favorable à ce changement de tactique, tu le sais.

Au ton de Heather il comprit son inquiétude, mais rit de sa surprotection.

— Tu me l'as déjà dit cent fois.

Comme il lui déposait un baiser sur les lèvres, Axel réalisa combien ce geste lui était devenu naturel. Si les gens au courant de la ruse le voyaient, ils penseraient le voir jouer son rôle. Or récemment, il avait oublié qu'ils n'étaient pas un véritable couple. Dans son appartement, ils en étaient un. Et il éprouvait le même sentiment en public. Leur comédie avait pris une tournure inattendue.

Dès leur entrée dans son bureau, Russ les pria de s'asseoir.

— Pas le moindre incident, m'a-t-on dit.

— En effet, répondit Heather.

— Et nous avons passé un excellent moment, ajouta Axel.

Russ sourit.

— J'en suis heureux, mais je suis soucieux de l'impact de votre apparition sur les gens.

— Il y avait peu de monde, répondit Heather. Les personnes présentes ont salué le prince à distance et respecté son intimité.

Axel rit.

— Notre peuple est remarquablement prévenant.

Cela n'amusa visiblement pas Heather, qui répliqua :

— Tout s'est bien passé cette fois, mais nous devons rester vigilants.

— Nous le sommes, lui assura Russ. La police, les organismes de transport et tous les services susceptibles de recueillir des informations sont sur le qui-vive. Nous retrouverons notre homme, n'ayez crainte.

Heather hocha la tête. Axel ne la sentit toutefois pas apaisée. Il détestait savoir qu'elle s'inquiétait pour lui. Et plus encore que leur longue relation « officielle » la plaçait en dangereuse position. Elle risquait à tout moment de voir sa vie passée au crible. Or il était conscient de son souci sur ce plan et s'en voulait d'en être la cause.

— Eh bien, déclara Russ. Je vous laisse partir à présent.

Une fois qu'ils furent seuls, Heather déclara :

— Je n'aime pas ne pas être au courant de ce qui se passe.

— Mais nous le sommes.

— Non. On nous donne des bribes d'informations.

Axel lui jeta un coup d'œil tout en marchant. Elle n'allait pas apprécier ce qu'il s'apprêtait à avouer, mais pensait devoir le lui dire.

— Je reçois des briefings quotidiens.

Elle le regarda bouche bée.

— Et tu n'as pas jugé bon de m'en parler ?

— Russ préfère que tu te concentres sur moi, et non sur l'enquête.

— Je ne partage pas son point de vue.

Il se sentit mal à l'aise. En tant que son véritable petit ami, il aurait aimé lui faire part de la moindre information reçue. Toutefois, le prince en lui devait soutenir Russ et la considérer comme une garde du corps.

— Il est le chef de la sécurité. C'est lui qui décide.

— Non, c'est toi. Tu es son supérieur.

— Je ne fais pas de microgestion. Raison pour laquelle mon département fonctionne si bien. Mes chefs de service se savent en contrôle. Et les rapports de Russ sont extrêmement minutieux.

Désireux de lui donner une preuve de sa franchise, Alex ajouta :

— Tu aurais aimé savoir que chacun de mes amis a fait l'objet de recherches approfondies sur sa vie afin de vérifier qu'aucun ne me faisait une blague ou m'en voulait ?

— Oui.

— Savoir aussi que des recherches similaires ont été faites sur mes anciennes petites amies ?

— Ça aurait pu se révéler amusant, répliqua-t-elle en souriant.

— Pas vraiment. Je n'ai pas eu de liaison assez longue pour être intéressante.

— Si tu cherches à me faire sentir stupide de vouloir faire partie de l'enquête, c'est raté.

Comme ils approchaient de la porte de l'appartement, Heather se tut ainsi qu'elle le faisait toujours en présence de ses collègues, mais dès l'instant où ils furent dans le salon, elle poursuivit :

— Tu aurais dû me tenir au courant au jour le jour.

Axel soupira. Même si rien n'était ressorti des enquêtes, ils étaient si proches qu'il aurait dû partager avec elle chaque

111

information. Il s'en voulait de ne pas l'avoir fait et éprouva bizarrement le besoin de parler de son secret. Cela le déconcerta.

— Ces investigations n'ont rien donné. Elles se sont déroulées dans le plus grand secret et, crois-moi, on a fouillé loin.

— Loin comment ?

— Assez pour examiner la vie de ton ex.

— Quoi ? s'exclama-t-elle visiblement stupéfaite.

— Dans la mesure où tu étais officiellement la petite amie d'un prince, il aurait pu mal le prendre. On devait donc vérifier ses faits et gestes.

Heather se mura dans le silence un long moment. Axel ne sut dire si elle était contrariée que les recherches aient porté sur son ex ou si elle s'inquiétait de ce qu'ils avaient trouvé sur leur passé ensemble. Il savait seulement que cet homme était un salaud. Pas étonnant que Russ ait voulu se pencher sur son cas.

— Qu'a donné cette enquête ? finit-elle par demander.

— Il n'a pas quitté les États-Unis. Et il sort avec deux filles en même temps.

Elle grimaça. Alex savoura son inconfort. Il avait souffert mille tourments de lui cacher ce qui se passait, mais elle n'était pas plus communicative que lui.

Une multitude de questions lui traversèrent l'esprit à propos de son mariage. En fait, il avait envie de tout savoir d'elle. Mais il se contenta de dire :

— Selon Russ, ton ex est trop occupé pour se soucier de moi.

— Et c'est le plus loin où vous avez fouillé ?

— Oui. Alors, si tu t'inquiètes que j'aie recherché de plus amples informations sur toi, sois rassurée, ce n'est pas le cas. J'espère que ces nouvelles ne t'ennuient pas.

— Que Glen s'amuse ? Pas du tout. Toutes celles qui le veulent peuvent l'avoir.

Sa réponse si rapide enragea Axel. Pourquoi donc restait-elle si secrète sur sa vie ? Certes, certaines personnes en venaient à se haïr après un divorce, mais il avait l'impression qu'il y avait derrière le sien un problème dont elle ne voulait pas lui parler.

— Ça ne te dérange pas que ton ex fréquente deux filles ?
— Il n'est plus mon problème.
— Intéressant. Tu le considérais donc comme un problème.

Heather soupira.

— Je ne veux pas discuter de lui.
— C'est ça qui me déconcerte ! Si j'avais eu une épouse ou une femme importante dans ma vie, je t'en parlerais. C'est ce que font les amants.

Ses propres propos le sidérèrent, mais il voulait savoir que cet homme ne signifiait rien, qu'elle ne le regrettait pas. Aussi, il ajouta :

— Les gens partagent l'historique de leurs relations.
— Pourquoi ne pas accepter que Glen et moi avons commis une erreur en nous mariant, et que je suis soulagée d'avoir divorcé ?

Axel réfléchit quelques secondes. Elle était pragmatique, mais lui semblait être une âme perdue. Cet homme dont elle clamait ne pas se soucier l'avait blessée. Il le savait pour être lui aussi une âme perdue. Depuis la mort de sa mère il ne parvenait pas à trouver qui il était ou devrait être. Tous deux dégageaient une étrange aura de solitude.

Pas étonnant qu'il se sente coupable de garder ses secrets, et ait soudain tellement envie de partager son vécu. Depuis leur rencontre, ils étaient en harmonie, se comprenaient.

— Parfois, les gens refusent de parler de leur passé parce qu'ils ont quelque chose à cacher.
— Le pire qui me soit arrivé est la mort de Maryanne

Montgomery. Après cela, que Glen m'ait laissée tomber était insignifiant.

— Il t'a abandonnée après ? Quel genre d'homme fait ça ?

— Il était le fils unique de gens riches. Ses parents employaient la moitié des adultes de notre petite ville, alors Glen avait un statut presque princier. Un garçon gâté et plein aux as qui vivait pour s'amuser.

Comme celui qu'il pensait à redevenir, songea Alex.

— J'étais flattée qu'il m'ait remarquée. On est sortis ensemble pendant deux ans, puis on s'est fiancés et mariés. À cette époque, j'étais dans l'armée de réserve. Je partais un week-end par mois pour l'entraînement et deux semaines l'été. Cela ne semblait pas le déranger. En fait, il appréciait ces moments de liberté, j'imagine. Le jour où mon unité a été appelée pour le service actif, il n'a plus été d'accord et a demandé à ses parents de faire intervenir leurs relations pour m'empêcher de partir.

— Tu plaisantes ! s'exclama Alex.

— Non. De toute manière ça n'a pas fonctionné.

— Encore heureux. Tu es du style à respecter tes engagements.

— Exactement. Pendant que j'étais en Afghanistan, il ne me téléphonait pas et refusait mes appels. Puis j'ai entendu dire qu'il me trompait. Selon un de mes frères, il s'en donnait à cœur joie, sans même se cacher. Lorsque Maryanne est morte, il m'a appelée. J'étais soulagée, mais ses premiers mots ont été pour m'annoncer son intention de divorcer.

— Quel idiot.

— C'était plutôt moi, l'idiote. À part refuser de partir en Afghanistan, j'avais fait tout ce qu'il voulait, à commencer par devenir la jolie fille docile à son bras.

— Non, pas toi. Je veux dire, tu es jolie, superbe même. Mais aussi beaucoup plus que ça.

Heather baissa les yeux. Alex lui releva le menton. Qu'elle lui ait confié son histoire était stupéfiant.

— Et j'aime ce que tu es.

Il l'embrassa alors. Oui, il l'aimait telle qu'elle était, et que son ex-mari ait voulu la changer le révoltait. Il éprouva soudain un immense sentiment protecteur et se promit de toujours la laisser être elle-même.

Pour la remercier de sa confidence, Axel lui fit l'amour, avec une tendresse dont il espéra qu'elle lui disait ce qu'il ne pouvait pas lui dire.

Il était conscient de s'être attaché à Heather. Ils étaient devenus trop proches. Mais leur relation se terminerait le jour où la comédie ne serait plus nécessaire. Alors, autant profiter de leur délicieuse intimité. Et par-dessus tout, il voulait qu'elle soit aussi heureuse qu'elle le rendait heureux.

Ainsi, le jour où ils se sépareraient, aucun d'eux n'aurait de regret.

Blottie dans les bras d'Axel, Heather savourait son bien-être. Faire l'amour après lui avoir parlé de Glen lui sembla avoir renforcé leur lien. C'était lui qui l'avait incitée à se confier, précisant même : « C'est ce que font les amants. » Comme s'il voyait vraiment en elle une amante...

Mais croire son intérêt pour sa vie privée motivé par des sentiments pour elle ne ferait que la blesser. Aussi proches qu'ils soient devenus, leur relation n'en était pas pour autant réelle. Ils étaient les acteurs d'une comédie temporaire. Alors, inutile de se bercer d'illusions. D'ailleurs, il ne lui avait rien confié sur lui.

Heather jugea alors préférable de reprendre leur attitude insouciante avant d'orienter leur conversation sur un sujet plus léger, et demanda :

— Que dirais-tu d'une leçon de cuisine.

— Pardon ?

— Oui. Tu disais vouloir en apprendre les rudiments, alors, allons-y.

— Si tu as faim, je peux appeler...

Elle étouffa la fin de sa phrase d'un baiser.

— J'aime l'intimité. Et nous ignorons combien de temps la nôtre va durer. Ne devrions-nous pas en profiter au maximum ?

— Nous sommes ensemble jusqu'à ce que le tireur soit arrêté. Or, si Russ dit vrai, cela pourrait prendre un certain temps.

Comme il se levait, Heather le retint. Si leurs deux semaines en tête à tête avaient été un délice pour elle, pour Axel, habitué à vivre libre, ce confinement au palais avait dû être étouffant.

— Ça t'ennuie de voir la comédie continuer ?

Il se pencha pour l'embrasser.

— J'aime t'avoir près de moi.

D'un côté, elle n'en doutait pas. Ils aimaient les mêmes films et occupations. Ses sentiments pour elle n'étaient certes pas similaires à ceux qu'elle lui vouait, mais elle voulait profiter de leur temps ensemble. Et voulait surtout qu'il l'apprécie autant qu'elle.

D'un autre côté, en sa qualité de garde du corps principale, elle devait s'assurer de le comprendre suffisamment pour prévenir tout acte inconsidéré de sa part.

— Mais tu n'aimes pas être cloîtré ici, c'est ça ?

— Je pense l'avoir dit clairement à Russ.

— En effet, répondit-elle soulagée.

— Tu sais quoi ? Depuis que tu m'as parlé de ta relation avec Glen, j'ai un peu honte de ne pas avoir partagé un secret.

Bien que l'ayant toujours senti soucieux, Heather pria pour que son secret ne soit pas susceptible de le pousser à un acte fou.

— Quel est-il ?

— Si j'ai filé en douce au bar l'autre soir, c'est parce que je ne sentais pas mon travail apprécié au palais et pensais que le temps était peut-être venu de démissionner.

Ouf. Ce problème était gérable. Et l'entendre se confier à elle l'emplit de joie.

— Tu penses vraiment quitter l'administration du palais ?

— Oui. J'ai fait un tellement bon boulot en modernisant ce service qu'il semble fonctionner tout seul à présent.

— Aux yeux d'une personne extérieure, peut-être. Mais ceux qui travaillent avec toi, et les membres de la garde royale en particulier, savent que ce n'est pas vrai.

— De mon point de vue, ça l'est. En fait, c'est devenu routinier, mais je n'ai guère d'autre choix que continuer ou…

Il eut un petit ricanement avant de poursuivre :

— Reprendre ma vie de prince bon vivant sans me soucier de rien d'autre.

Heather aurait pu s'amuser de cette suggestion avec lui, si son sixième sens ne s'était réveillé. Cette fois, il n'était pas question de danger physique. Elle venait de comprendre l'intensité de son insatisfaction. Les responsabilités étaient le lot de son frère, le prince héritier, or Axel avait besoin de se sentir utile aussi.

— Cela va te paraître étrange, mais j'ai éprouvé le même sentiment à mon retour d'Afghanistan. Les postes de garde du corps sont rares dans les petites villes de Louisiane.

— Oui, j'imagine.

— Je ne me sentais plus à ma place là-bas. Je tenais à utiliser les compétences acquises dans l'armée et à effectuer le travail qui me tenait à cœur.

Le visage d'Axel se détendit aussitôt.

— C'est exactement ça. Avant de reprendre l'administration du palais, je pouvais mener une vie de prince jet-setter et me convaincre que c'était mon rôle. Maintenant, parcourir le monde pour le plaisir me semble vain. Et quitter un travail devenu routinier, me paraît être la solution de facilité.

— Parce que tu aimes te sentir utile.

— En quelque sorte. J'aime savoir que ce que je fais a du sens. Moderniser l'administration en avait. Ensuite, quand le service a commencé à fonctionner sans mon aide active, mon travail a perdu de son intérêt. Et plus personne ne remarque mes efforts.

— Les gardes les plus anciens le font. Promouvoir Russ, disent-ils, a été la meilleure chose que tu aies faite.

— En effet. Il avait les antécédents requis pour ce poste, bien plus que son vieux prétentieux de prédécesseur qui aurait été plus à sa place à la gestion ménagère !

Heather rit.

— Je suis sérieux. L'administration du palais était une plaisanterie à cette époque.

— Elle ne l'est plus. Tu as des compétences qui pourraient t'être utiles ailleurs.

— Suggérerais-tu qu'un prince devrait essayer d'avoir un véritable travail ?

— Non. Ton entourage de sécurité découragerait les entreprises de t'embaucher. Toutefois, tu pourrais créer une fondation. Par exemple, fournir une éducation aux enfants défavorisés et enrôler tes amis et tes relations pour réunir les fonds nécessaires.

Comme il la regardait l'air peu convaincu, elle poursuivit :

— Beaucoup de gens ont de brillantes idées mais ni les moyens ni les relations pour les aider à les réaliser. Je t'ai vu avec les lauréats du concours d'excellence académique. J'ai entendu ton discours. L'éducation est une cause qui te tient à cœur.

— Ton idée est fantastique. Presque trop belle pour être vraie. Tu as compris tout cela en m'écoutant parler ?

— Oui. Le sujet te passionnait, c'était évident, et tu étais très fier des enfants. Ta position, ton prestige et ton pouvoir te permettent d'apporter des changements au monde. Du moins en un coin du monde.

— Tu as raison. Je pourrais créer une fondation.

Il avait parlé d'un ton si certain cette fois qu'elle l'embrassa avant de se lever à son tour et d'aller enfiler un tablier dans la cuisine où Axel la suivit.

— Tu ne comptes pas me faire préparer un repas après m'avoir mis le cerveau en ébullition.

— Que veux-tu faire, alors ?

Il l'attira dans ses bras.

— Célébrer cette idée géniale. Peut-être réfléchir aux possibilités de sa mise en œuvre.

— Non. Ça, c'est du travail à faire par toi-même. De plus, personne n'a eu à t'expliquer que le service d'administration du palais présentait de nombreuses lacunes. Tu t'en es rendu compte seul et as agi.

Axel rit.

— D'accord. J'ai l'impression d'avoir reçu un cadeau de Noël.

— Je t'ai simplement aidé à éclaircir tes idées. Au lieu de travailler pour le palais, tu peux aider des gens.

— Absolument.

En cet instant, Heather eut une certitude. Ils n'étaient plus de simples amis ou amants. Non seulement ils avaient échangé des confidences, mais elle le connaissait suffisamment bien pour le guider vers l'occupation qui lui convenait.

Cette constatation la ravit tout en lui serrant le cœur. Ce lien entre eux ne les unissait plus telles deux personnes attirées l'une par l'autre et profitant d'une comédie pour assouvir leurs envies. C'était le lien des gens...

Elle préféra ne pas dire « amoureux ». Pourtant, elle n'avait jamais été aussi heureuse. Ne s'était jamais sentie aussi bien dans sa peau. Entière.

Et cela l'effraya car cette belle relation était destinée à finir. Axel ne pourrait jamais épouser sa garde du corps, roturière de surcroît. Une fois la menace levée, il n'aurait plus besoin de ses services permanents, ne penserait peut-être même plus à elle...

En attendant, autant profiter du présent.

Se dégageant des bras d'Axel, elle demanda :

— Qu'aimerais-tu manger ?

— Qu'as-tu à me proposer ?

Heather inspecta le contenu des placards et du réfrigérateur. Il y avait là de quoi soutenir un siège.

— Que dirais-tu d'un repas italien.

— J'adore la cuisine italienne.

— Comme tout le monde. À l'exception d'un de mes frères, à vrai dire. Mais il aime le poulet carbonara. Donc va pour ce plat.

Comme elle sortait un sachet de blancs de poulet du freezer et l'immergeait dans une casserole remplie d'eau brûlante, Axel lui dit :

— À ta manière de parler, je devine une anecdote derrière cette recette.

— Nous avons une demi-heure avant qu'il ne soit décongelé. Si nous allions prendre une douche avant de cuisiner ?

— Ce programme me paraît parfait.

À leur retour de la salle de bains, Heather se mit au travail tout en racontant à Axel comment, son frère ayant refusé d'aller dans un restaurant italien, leur mère lui avait parié cinq dollars qu'il ne pourrait pas résister à un plat spécial appelé « Poulet à la carbonara ». Il avait relevé le pari, commandé le plat et se réjouissait de gagner si facilement son argent en ne touchant pas à son poulet, quand il s'était rendu compte qu'il avait tout mangé en un éclair. De ce jour, ses autres frères ne manquaient pas une occasion de lui rappeler quel piètre parieur il était.

Axel rit.

— Tes frères ont l'air sympas.

— Oui, on s'entend très bien. Comme toi avec Liam. Vous aussi êtes très proches.

— Nous avons vécu un événement traumatique ensemble. Le décès de notre mère. L'attention constante de la presse n'a rien arrangé, mais au fil des ans, elle nous a permis de comprendre qu'il nous était impossible de nous comporter normalement, de faire les mêmes choses que nos copains.

— Comme quoi ?

— Être insouciants. Sortir faire une fête d'enfer avec nos amis, voire danser ivre mort sur le bar.

Heather éclata de rire.

— Parce que danser ivre mort sur un bar est normal ?

— C'était un exemple. La presse nous a privés des loisirs normaux pour de jeunes gens, mais la manière odieuse dont elle nous a traités au moment de la mort de maman me hante encore. Les journalistes nous suivaient pas à pas, nous harcelant de questions sur notre ressenti.

— Ça a dû être éprouvant.

Heather ne pouvait concevoir l'idée de perdre sa mère. Encore moins accompagnée de battage médiatique. Sa mère était d'ailleurs la seule – avec son père, bien sûr – qu'elle ait mise dans la confidence de sa prétendue liaison avec Axel. Cela pour lui éviter de se faire du souci au cas où sa démission de son poste parviendrait jusqu'aux États-Unis.

— Oui, surtout vers la fin. Un après-midi, maman a souhaité aller sur notre plage privée. Elle était si faible que papa l'y a amenée en chaise roulante. Il nous avait dit auparavant de nous comporter comme avant, de jouer comme nous l'aurions fait en temps ordinaire.

Axel s'interrompit. Sa voix s'était étranglée. Ses yeux brillaient de larmes retenues. Il se racla la gorge, puis reprit :

— Papa avait installé maman sur une chaise longue et s'était allongé à côté. Liam et moi avons joué au ballon au bord de l'eau, puis le ballon a filé derrière eux et nous nous le sommes lancé par-dessus leurs têtes. Nous riions tous ensemble.

— Ça a été un bon moment en famille, dirait-on.

Son expression se radoucit.

— Oui. Excellent. Maman était heureuse et on faisait les clowns avec notre ballon. Au retour, papa nous a remerciés et je me souviens avoir été fier de moi. Hélas, elle est morte pendant la nuit. Au matin, un journal affichait à la une des photos prises au téléobjectif depuis un bateau au large. L'article nous reprochait de nous être amusés pendant que maman luttait contre la maladie.

— La mort de ta mère avait déjà été annoncée ?

— Non. Mais nous faire passer pour des enfants sans cœur était de la méchanceté gratuite qui l'aurait blessée si elle l'avait appris. Quoi qu'il en soit, le palais a fait une déclaration dans la matinée. Or, au lieu de s'excuser pour son article, le journaliste a insisté sur notre inconscience, et les autres tabloïds ont propagé l'histoire.

— Ça a dû être odieux.

— Oui, enterrer sa mère quand les gens pensent que nous ne l'aimions pas suffisamment pour respecter son besoin de calme et sa sécurité, était en effet odieux.

— Ils ont changé à votre égard depuis.

— Bien sûr. Liam est irréprochable, et je suis devenu celui qu'ils voulaient me voir être. Celui qui protège ceux qui partagent son existence.

Oui, sa famille et les femmes qu'il fréquentait, mais Heather s'abstint de préciser ce dernier point. Axel venait de lui parler de l'événement le plus intime de sa vie, de lui montrer qui il était. C'était une marque de confiance qu'elle n'aurait jamais osé espérer.

— J'ai cessé de haïr la presse, poursuivit-il. Étant donné notre naissance, nous sommes privilégiés. Cela attise la curiosité. Les gens veulent tout savoir de nos vies. On ne peut pas le leur reprocher.

Heather le comprenait. Deux événements majeurs avaient marqué sa vie. Un mariage désastreux et la mort d'une femme sous sa surveillance. Si elle avait été une célébrité, ces erreurs monumentales auraient été examinées au microscope. Par chance, ce n'était pas le cas. L'armée avait fait son enquête, l'avait blanchie, et n'avait communiqué que les faits indispensables.

Axel et sa famille, en revanche, étaient en permanence à la merci de la presse sans personne pour filtrer les informations. Voir sa vie exposée de la sorte devait être un véritable cauchemar. Cela le forçait à être sans arrêt sur ses gardes.

Pas étonnant qu'il ait éprouvé le besoin de faire le mur et de protéger ses maîtresses.

— Ça sent délicieusement bon ! déclara-t-il soudain.

Sachant qu'il venait de changer de sujet à dessein, Heather répliqua :

— J'ai oublié que j'étais censée te donner une leçon de cuisine.

— Pas grave, je t'ai regardée faire.

Heureuse qu'il soit revenu à son ton joyeux habituel, elle feignit l'indignation.

— Excuse-moi, mais tu avais regardé ton chef faire une omelette, or la tienne n'était pas franchement convaincante ! Enfin, si tu décides de refaire ce plat, des vidéos sur Internet t'indiqueront la marche à suivre pas à pas.

— Je n'en suis pas encore là. Pour l'instant, viens dans mes bras.

Et il l'embrassa.

Il avait de nouveau changé de sujet. Parler de l'avenir le dérangeait visiblement. Limiter leur relation était sa manière de la protéger, comme il l'avait fait avec ses autres compagnes. Liam avait pour devoir de se marier et de fournir des héritiers, pas lui. Axel l'avait accepté, s'était trouvé un emploi dans l'administration du palais. À présent, il avait une occupation avec la création d'une fondation. Il pouvait donc poursuivre sa vie.

Sans elle.

Heather lui avait montré la voie, lui avait donné un but. Il n'avait pas besoin d'elle. Une petite amie attitrée ne ferait que l'exposer à une attention dont il ne voulait pas.

Axel n'était pas pour elle.

Il ne le serait jamais.

11

Prosperita célébra l'anniversaire de la reine Rowan pendant la semaine entière. Un bal donné par la famille royale en son honneur devait clôturer les festivités le vendredi soir.

Heather n'avait jamais assisté à un bal, mais Rowan l'avait invitée – comme elle l'avait conviée à tous les événements familiaux depuis le début de la comédie – et venait de lui proposer de l'aider à choisir une robe longue.

— Je vais faire livrer plusieurs robes de chez Elegance, ma boutique préférée.

— C'est une excellente idée.

Bien que certaine de devoir dépenser l'équivalent d'un mois de salaire, Heather voulait avoir une robe spéciale à emporter en souvenir de cette soirée – qui, à n'en pas douter, serait probablement la plus belle qu'elle vivrait jamais avec Axel.

Le lendemain matin, elle rejoignit donc la reine pour l'essayage dans son appartement où une vendeuse et une couturière se tenaient devant un présentoir sur roulettes.

— Par laquelle voulez-vous commencer ? demanda Rowan.

— C'est difficile de choisir, elles sont toutes si belles.

— Prenez-en deux ou trois, si vous voulez. De toute manière, vous assisterez à de nombreux bals ici, désormais.

Heather la regarda, interloquée, avant de se souvenir que la reine jouait la comédie pour les témoins.

— Si vous commenciez par la bleue ?

— Je porte sans arrêt du bleu, je pourrais changer un peu.

Rowan sourit.

— Très bien. Du rouge, alors ?

La robe lui allait très bien, mais elle tergiversa, pointant des détails inconséquents.

— Essayez les autres jusqu'à ce que vous trouviez celle qui fera de vous la plus belle femme du bal.

Heather rit.

— Ce sera vous, Votre Majesté !

— Faux. Toutes les femmes sont belles à leur manière. En attendant, cherchons la robe dans laquelle vous vous sentirez vous-même.

C'en fut une blanche, très romantique et brodée d'un semis de fleurs.

— Elle est parfaite, déclara la reine. Il suffit de reprendre un centimètre à la taille. Mesdames, faites-la livrer chez le prince Axel une fois les retouches faites.

Les deux femmes acquiescèrent, puis la couturière nota les modifications à apporter.

Comme Rowan s'éloignait pour répondre à un appel téléphonique, tout en se rhabillant, Heather demanda :

— À quel ordre dois-je rédiger le chèque ?

— Le palais règle la note, répondit la vendeuse.

— C'est très gentil, mais je tiens à payer.

— Dans ce cas, voyez avec le service d'administration.

Sur ces entrefaites, Rowan revint et congédia les deux femmes.

— Vous avez fait un excellent choix, dit-elle une fois qu'elles furent seules.

— Je vous remercie. Toutefois, je voudrais régler moi-même cet achat.

La reine rit.

— Quelle idée saugrenue.

— Vraiment, j'y tiens. Question... d'indépendance.

— Je le comprends. Il m'a aussi été difficile de m'habituer à être prise en charge. Néanmoins, vous êtes en mission. Et, même si vous ne l'étiez pas, battez-vous pour des sujets plus importants qu'une robe. Le choix d'un lieu de vacances, par exemple.

Nelson arrivant sur ces entrefaites avec les jumeaux, Rowan les embrassa avant d'ajouter à l'intention de Heather :

— Vous joindrez-vous à nous pour le déjeuner ?

— Je suis désolée, mais je ne peux pas. Le prince doit déjà m'attendre.

— Bien sûr. Bonne journée alors.

Le vendredi après-midi, Rowan surprit Heather en lui envoyant un coiffeur dans l'appartement. Elle l'installa dans son ancienne chambre où il examina ses cheveux, puis sa tenue et décida de lui faire des boucles. Ce serait très féminin et aussi romantique que la robe.

Tout en la coiffant, il énuméra tout ce qui changerait dans sa vie s'il sortait avec une princesse.

Elle réalisa alors à quel point le pays s'était habitué à sa présence aux côtés du prince, y compris les résidents et employés du palais. Sans parler d'elle-même !

Le coiffeur parti, Heather se maquilla, s'habilla puis alla dans le salon. Axel s'y trouvait déjà, superbe dans son smoking. Il l'embrassa dès son arrivée.

— Tu es la plus belle femme du monde.

— Selon Rowan, toutes les femmes sont belles à leur manière.
— Ma belle-mère est toujours adorable.
— Tu as raison. Je comprends chaque jour un peu plus son impact sur vos vies.
— Je me demande souvent ce qu'elles seraient devenues sans elle, mais préfère ne pas m'interroger sur notre chance.
— En effet, tu ne devrais pas.
— C'est pourquoi je ne m'interroge pas sur ta présence auprès de moi. Tu es l'une des meilleures choses qui me soit arrivée dans ma vie.

Ce magnifique compliment, le plus beau qu'il lui ait fait, emplit Heather de joie.

Cette joie la suivit jusqu'à la salle de bal. Dès leur arrivée, le roi et la reine leur demandèrent de se joindre à eux et Liam pour accueillir leurs invités.

— Avec plaisir, dit Axel. Tant de choses ont changé ces deux derniers mois, les gens ont besoin de voir à quel point nous sommes heureux.

Liam rit.

— Tu as l'art de toujours voir le côté positif des situations.

Axel haussa les épaules.

— Il n'y a rien de mal à ça.

Là-dessus, il prit le bras de Heather et tous deux se mirent en fin de rang. Au lieu d'être gênée, elle se sentit parfaitement à l'aise.

Au fur et à mesure de leur arrivée, les invités les saluèrent avant de passer à Liam, puis aux monarques.

— On est vraiment bons à ça, lui murmura Axel.
— Parce qu'on réussit à les pousser vers Liam si vite ?
— Exactement. Ils veulent bavarder et on leur promet de le faire après dîner.

Elle rit et il l'embrassa avec le naturel de ceux qui sont en couple de longue date.

C'était l'impression qu'elle avait aussi. Pourtant, leur relation avait une fin programmée. Elle se demanda soudain si Axel faisait durer la comédie à dessein ?

Et s'il s'était si bien habitué à sa présence qu'il ne voulait pas voir la comédie se terminer ?

Le tireur encore en liberté lui fournissait une excuse pour la garder comme garde du corps privée à demeure. Ainsi, personne ne savait qu'il était en fait heureux de l'avoir avec lui...

Cette possibilité lui réchauffa le cœur. Il était en famille, dans son monde et l'embrassait à la vue de tous. De plus, les siens la traitaient comme si elle faisait partie du cercle familial, pas comme une employée.

Et si elle n'était pas la seule à réaliser que leur comédie s'était transformée en réalité ?

L'accueil terminé, tous les cinq se dirigèrent vers la table d'honneur.

Les toasts portés, le roi Jozef fit un discours pour remercier Rowan d'avoir apporté l'amour dans sa vie et celle de ses fils. Ce disant, il se tourna vers Axel et elle et la présenta publiquement comme sa petite amie qui, peut-être, deviendrait un membre de la famille royale. Les applaudissements éclatèrent. Comme Axel lui baisait la main, elle se crut sur le point de défaillir.

Heather traversa le dîner sur un petit nuage. Le roi et la reine ouvrirent le bal. Passé la première danse, Axel l'entraîna sur la piste. Elle virevolta à son bras, certaine d'avoir des étoiles dans les yeux. D'ailleurs, il lui avait dit qu'elle en avait toujours en le regardant. Cela ne devrait donc étonner personne. Elle s'abandonna alors au bonheur de danser avec lui, se sentant soudain à sa place.

Oui, sa place était avec Axel !

Pendant que l'orchestre prenait une pause, ils bavardaient avec Liam quand Lilibet arriva. La jolie brune s'inclina aussitôt devant le prince héritier.

— Je vous remercie de m'avoir invitée, Votre Altesse.

Liam lui prit les mains.

— Je vous en prie. Vous êtes très belle, Lilibet.

Et elle l'était. Sa robe longue au violet lumineux – qui faisait ressortir celui de ses yeux – était de coupe simple mais élégante. De plus, la jeune femme avait la dignité et le maintien parfait d'une personne destinée à une vie dans la royauté.

Et Liam était visiblement séduit.

Axel éclata de rire en regardant son frère danser avec Lilibet. Liam n'était sorti avec elle que quatre fois depuis leur rencontre, mais il était de toute évidence amoureux. Leur idylle allait faire la une des journaux le lendemain.

Comme il entraînait Heather sur la piste pour une valse, elle demanda :

— Qu'est-ce qui t'amuse tant ?

— Liam.

Elle le chercha du regard et rit à son tour.

— Ils sont très mignons.

— Ne ris pas, tu me regardais de la même manière à notre première rencontre.

— Que *tu* dis !

— C'est pourtant vrai.

La danse terminée, il déclara :

— La soirée va bientôt finir. Si nous filions en douce ?

— Tu as envie de partir ?

Axel la regarda, la trouvant si belle avec ses boucles qui

tombaient en cascade sur ses bras et sa jolie robe qui lui donnait un air innocent. Il n'avait aucune idée du temps que durerait leur comédie, mais aimait l'avoir à ses côtés, aussi ne se posa-t-il plus de questions.

— Demain a beau être samedi, je dois aller travailler quelques heures. De plus, j'ai quelque chose à te montrer.

— Vraiment ?

— Oui. Allons-y.

— Ne devons-nous pas prendre congé de tes parents d'abord ?

— Non. Je suis le prince rebelle, ne l'oublie pas.

Il lui attrapa la main et fendait la foule quand, voyant son frère et Lilibet, il ne put résister à s'arrêter devant eux.

— Belle soirée, n'est-ce pas ? Profites-en, nous on s'éclipse.

Liam leva les yeux au ciel.

— Que ne donnerais-je pas pour te voir te comporter correctement pendant toute la durée d'un événement.

— Il l'a fait à la dernière cérémonie militaire, intervint Heather.

Axel répliqua alors en riant :

— J'adore t'embêter.

Lilibet rit à son tour. Il remarqua alors combien elle était différente de Heather. Sans être rigide, elle possédait les manières posées et la dignité dues à une éducation en pensionnat et à une mère soucieuse de perfection.

C'était peut-être pour cela qu'elle ne l'avait jamais attiré. Une jolie jeune femme, petite, douce et d'apparence fragile.

Heather en revanche était superbe, grande, forte et courageuse. Personne ne parvenait à lui tenir tête. Même pas lui.

Et si ses sentiments pour elle étaient... hors normes ?

Après avoir pris congé de son frère, Axel rejoignit son appartement avec Heather, troublé de savoir leur relation temporaire. La porte refermée derrière eux, il la serra dans ses bras et l'embrassa avec passion.

Pressé de lui faire l'amour, il l'entraîna dans la chambre et la renversa sur le lit.

— Tu parlais des étoiles dans mes yeux en ta présence, mais les tiens sont de nouveau ceux d'un grand méchant loup prédateur.

— Tu crois ? demanda-t-il tout en se déshabillant avec hâte.

— Absolument. Comme si tu avais une idée derrière la tête.

— J'ai toujours la tête pleine d'idées.

— Et si j'étais fatiguée ?

— Tu ne l'es pas.

Elle poussa un soupir feint.

— La journée a été longue.

— Je sais, répliqua-t-il en s'allongeant à côté d'elle. Et c'est la parfaite façon de la terminer.

Il l'embrassa alors tout en lui remontant sa robe sur la taille et en lui ôtant son slip.

Dans la seconde suivante, ils étaient unis comme ils avaient toujours semblé devoir l'être.

Axel n'avait pas prévu une conclusion aussi rapide, mais la passion qui faisait rage en lui le rendait faible au point d'oublier toute pensée.

Sauf une.

Heather allait lui manquer. Elle n'avait pas fait que le protéger ces dernières semaines.

Elle l'avait aidé à trouver sa voie.

12

Heather resta allongée cinq bonnes minutes, serrée dans les bras d'Axel. Faire l'amour avec lui était toujours formidable, mais cela venait d'être extraordinaire.

— Au fait, dit-il soudain, j'ai quelque chose à te montrer.

Elle rit.

— Si ce sont tes estampes japonaises, c'est un peu tard, tu ne crois pas ?

— Tu as l'esprit mal tourné, jeune fille.

Sortant alors du lit, Axel alla chercher son ordinateur, revint s'asseoir à côté d'elle, puis afficha un document.

— De quoi s'agit-il ?

— Mon énoncé de mission.

— Génial, montre-moi vite.

Il lui donna l'ordinateur.

Le document comportait deux pages. La première décrivait la mission. La seconde, les buts à atteindre. Les larmes lui montèrent aux yeux.

— C'est merveilleux.

— Ce n'était pas censé te faire pleurer. C'est censé te rendre fière de moi.

— Je suis fière de toi, murmura-t-elle.

Elle l'était tant que son cœur en était inondé d'amour.

Puis une image de Lilibet, si posée, à l'élégance si distinguée, s'imposa à son esprit. Elle eut alors l'impression que son sentiment d'être à sa place avec Axel, vacillait.

Comme il lui faisait part des réactions de ses amis contactés pour des dons, Heather refoula son impression. Même en sachant qu'elle n'était que sa garde du corps, la famille royale l'avait acceptée en son sein et Liam était même en train de devenir son ami.

Le seul point resté en suspens était qu'il leur restait, à eux deux, à admettre leur changement de situation.

— Je n'imaginais pas que tant d'amis cherchaient pareilles opportunités.

— De déductions fiscales ?

Axel rit.

— Oui, pour la plupart. Mais d'autres sont aussi contents d'utiliser leur fortune de cette manière. Je pense réunir les fonds de départ suffisants plus rapidement que prévu.

— J'en suis heureuse pour toi.

— C'est grâce à toi. Ton influence, ton aide et tes suggestions. Mille mercis.

— Je t'en prie.

Là-dessus, il l'embrassa.

Heather était heureuse de le voir prêt à entamer un nouveau chapitre de sa vie et d'avoir vu son rôle dedans reconnu, mais elle n'était pas certaine que le moment soit venu d'admettre que leur relation avait changé. D'ailleurs, elle se trompait peut-être.

— Et si nous t'enlevions cette robe à présent ? demanda-t-il soudain.

Joignant le geste à la parole, il la déshabilla et se rallongea contre elle.

Sur *leur* lit.

Cette pensée lui réchauffa le cœur, puis la dérouta. Tout semblait si réel entre eux, pourtant c'était ancré dans une comédie dont ils savaient qu'elle aurait une fin. Et cela en resterait une tant qu'ils n'auraient pas partagé leurs sentiments. La fin de la comédie sonnerait le glas de leur idylle.

À moins qu'ils n'en décident autrement.

Cette décision leur revenait.

D'un côté Heather estimait que c'était à Axel d'aborder le sujet. De l'autre, elle se sentait capable de faire le premier pas.

Elle devait simplement être certaine d'avoir vu juste.

Le lendemain, le roi et la reine les invitèrent à dîner pour fêter l'anniversaire des jumeaux.

Surprise de voir Liam accompagné de Lilibet, Heather murmura à Axel :

— Il y a de la romance dans l'air.

— Tu ne crois pas si bien dire.

Le roi les accueillit.

— Vous connaissez Lilibet, n'est-ce pas ?

— Bien sûr, papa, j'ai fait mes études avec elle et ai présenté ces deux-là.

— Eh bien, que la fête commence, déclara Jozef.

Il prit alors Georgie dans ses bras tandis que sa femme prenait Arnie.

— Tu vas adorer les voir manger le gâteau, murmura Axel à Heather tout en se dirigeant vers la table.

— En fait, je brûle moi-même d'envie d'une tranche. Ta cuisine regorge de provisions mais il n'y a pas le moindre biscuit ni la moindre friandise.

Il la regarda bouche bée.

— Tu n'as qu'à demander pour avoir tout ce que tu veux.

Heather n'en crut pas ses oreilles. Il lui suffisait de demander ?

— Eh bien, cette table commence à se remplir, dit Jozef une fois tout le monde assis.

— Oui, répondit Axel. Tu te souviens à quel point elle était vide après le décès de maman, Liam ?

— Ne m'en parle pas. On entendait les mouches voler.

— À présent, il y a Rowan, deux bébés et deux petites amies, reprit le roi. Si vous, mes fils, vous décidiez à avoir des enfants, la table serait pleine.

Axel rit.

Ce commentaire étant bien sûr destiné à Lilibet, Heather rit aussi, mais jeta un coup d'œil à son prince. Il aurait pu entrer dans le jeu, protester avec humour, répondre : « On a le temps. »

Elle se remémora ses propos précédents. « Tu n'as qu'à demander pour avoir ce que tu veux. »

Mais Jozef poursuivait déjà la conversation avec un mot pour chacun. Il posa une question à Axel à propos de l'administration, discuta du prix du pétrole avec Liam, puis demanda à Lilibet quels étaient les artistes prometteurs.

— Et vous, Heather, avez-vous aimé le bal ?

— Je l'ai trouvé fabuleux. Je n'avais jamais vu autant de belles tenues. La salle était superbement décorée. Quant à la nourriture et aux vins, ils étaient divins.

— J'adore avoir de nouvelles personnes parmi nous.

Heather sourit, peu sûre du sens de sa réponse. Il agissait comme si elle était une des leurs, la reine la traitait en belle-fille potentielle, et Liam comme une presque sœur. Ou bien la comédie durait depuis si longtemps que la famille d'Axel jouait son rôle à merveille, ou ils voyaient un couple en eux.

Axel et elle devraient absolument en discuter le soir.

Une fois les enfants couchés, le roi invita les adultes à jouer au billard. Un verre de whisky à la main, et Heather assise sur l'accoudoir de son fauteuil, Axel savoura la douceur de ce moment en famille.

Après Liam, ce fut son tour d'affronter son père.

Il venait de perdre – de justesse – lorsque Heather demanda à relever le défi suivant.

— Bien sûr, pourquoi pas, répondit Jozef, un petit sourire aux lèvres.

— Ne te réjouis pas à l'avance, papa, gloussa Axel. Elle pourrait bien te surprendre.

Ce qu'elle fit en le battant à plate couture. Puis Rowan gagna à son tour, provoquant l'hilarité générale. Lilibet ayant décliné la partie suivante, Axel se leva et prit la main de Heather.

— Nous allons regagner mon appartement, maintenant.

Rowan bâilla.

— Je vous prie de m'excuser. Les jumeaux sont épuisants.

À cet instant le téléphone du roi sonna.

— Oui. Pourriez-vous répéter ?... Je vous remercie.

Il raccrocha, puis déclara :

— Axel, tu es libre. Le tireur – qui s'avère être l'auteur de la menace – a été arrêté et a fait des aveux complets. Il a agi seul sur un coup de colère parce que tu l'as malmené dans le bar. Russ pense à un syndrome de stress post-traumatique. Il sera évalué demain.

Axel serra Heather dans ses bras. Rowan poussa un soupir soulagé, et Jozef proposa du champagne pour fêter l'événement.

— En fait, papa, je préfère rentrer et décompresser après cette longue épreuve.

Liam le regarda avant de s'exclamer :

— Décompresser ? C'est donc cela le terme sibyllin des jeunes pour parler de relation intime de nos jours ?

Le ton sarcastique de son frère énerva Axel. Il avait simplement parlé de se relaxer. Mais, plus que l'interprétation des autres, c'était réaliser que la fin la menace signifiait la fin de la comédie qui l'ennuyait. Heather et lui allaient donc se séparer sous peu.

Un étau lui broya la poitrine. Sa respiration se bloqua. Il ne pouvait s'imaginer sans elle.

Sans vouloir s'emballer, il devait éclaircir leur situation et la persuader de rester le temps d'attendre la fin des retombées de la nouvelle dans la presse. Apprendre son rôle auprès de lui serait mieux reçu une fois l'état mental du tireur connu, or son évaluation pourrait être longue.

Leurs adieux effectués, ils regagnèrent la suite princière.

— Merci, Heather, pour tout ce que tu as fait.
— Je n'ai pas fait grand-chose. L'équipe a fait tout le travail.

Axel la trouva bien peu enthousiaste.

— Tu m'as évité de périr par balle, c'est énorme.
— J'en aurais été malade s'il t'était arrivé quelque chose.
— Ta carrière n'en aurait pas pour autant pris fin.
— Je ne me souciais pas de ma carrière.

Bien sûr. Quel maladroit. Heather tenait à lui, et lui à elle. Elle aurait été blessée si un malheur lui était arrivé sous sa surveillance.

Voyant soudain une explication à son changement d'attitude depuis l'annonce de son père, il se figea. Et si elle était prête à partir ? Rien ne l'en empêchait désormais. Leur relation n'avait plus de raison de continuer. Il souhaitait la prolonger, mais peut-être pas elle.

Son pouls s'emballa. Il ne se laissait jamais dicter ses décisions. Il pouvait tout arranger.

— Tu as tout le temps que tu veux pour mettre un terme

officiel à notre comédie. En fait, ton rôle serait mieux accepté si nous la prolongions de quelques semaines.

— C'est la manière dont la presse et le peuple percevront notre rupture qui t'inquiète ?

Troublé, il repoussa ses cheveux en arrière.

— Non, j'essayais avec maladresse de te dire que nous n'avons pas à nous séparer immédiatement.

— Et si nous ne nous séparions pas du tout ?

— Que veux-tu dire ?

— Nous avons vécu comme un véritable couple. Même s'il s'agissait d'une comédie au départ, rappelle-toi notre première fois. Notre émotion était réelle.

Axel s'en souvenait. Trop bien...

— Tu as raison.

— Nous n'avons pas simplement pris du bon temps. Nous nous sommes ouverts l'un à l'autre, avons partagé nos souvenirs douloureux. Et je t'ai aidé à trouver ta voie.

Heather avait encore raison. Il devina le sens réel de son propos, mais refusa de s'engager sur ce terrain à moins qu'elle ne le veuille vraiment.

— Je ne pense pas devoir partir, reprit-elle en le regardant droit dans les yeux. Toutefois, c'est à toi de prendre cette décision. Et vu ton évidente hésitation, j'ai l'impression de m'être trompée.

— Comment ça ?

— Je pensais que tu voyais notre relation de la même manière que moi. Je nous croyais heureux ensemble. Mais l'idée de m'imaginer avec toi semble t'horrifier.

— Ne sois pas ridicule. Je suis tout à fait favorable à prolonger notre relation.

— Ah, soupira-t-elle, de toute évidence soulagée.

— Et si nous allions passer quelque temps dans ton chalet ? Tu pourrais m'apprendre à cuisiner.

Heather se demanda s'ils suivaient le même train de pensées. Elle en avait l'impression, sans toutefois en être certaine. Poursuivre leur relation telle qu'elle était n'était pas la bonne solution. S'ils avaient commencé à se fréquenter de manière normale, cela se serait fait naturellement. Mais ce n'était pas le cas. Une comédie les avait entraînés dans l'intimité. Ce qu'ils ressentaient était peut-être fondé sur un mensonge.

— Nous avons un problème, dit-elle.
— Je crois que nous devrions arrêter de discuter et profiter de la nuit. Je suis à nouveau libre !
— Tu aimes vraiment ta liberté, n'est-ce pas ?
— Tu n'aimes pas la tienne ?

Elle l'aimait, mais son besoin de solitude et d'indépendance s'était atténué depuis qu'elle était tombée amoureuse. Même si elle en avait longtemps refusé l'idée.

Leur comédie n'ayant désormais plus de raison d'être, Heather décida de saisir cette occasion de tirer les choses au clair entre eux.

— À mes yeux, nous sommes un vrai couple depuis plusieurs semaines.
— Aux miens aussi, répondit-il en souriant.
— Pas de la même manière.
— Qu'est-ce qui te fait dire ça ?
— Si c'était le cas, tu serais peut-être effrayé, mais prendrais le risque de poursuivre notre relation. Tu comprends le sens de mon propos ?
— Tu m'aimes, murmura-t-il.

— Et tu m'aimes aussi. Simplement, tu ne veux pas le reconnaître.

— Écoute, Heather. Je mène une vie inhabituelle et difficile sous le regard constant de la presse. Tu le sais mieux que quiconque. Je me suis juré de ne jamais y entraîner quelqu'un.

— Mais tu m'y as entraînée. Le public me connaît maintenant. Les journalistes vont fouiller mon passé.

— Non. Après l'annonce de l'arrestation du tireur et la révélation de ton véritable rôle auprès de moi, ils concentreront leur attention sur moi et sur la sécurité du palais car tu n'étais que garde du corps. Même s'ils cherchaient et découvraient l'histoire de Maryanne Montgomery, ils seraient tendres avec toi parce que tu seras une sorte d'héroïne. En revanche, si j'annonce maintenant que tu es vraiment ma petite amie, rien ne te sera épargné.

— Tu ne me crois pas capable de le supporter ?

— Je n'ai pas dit ça. Selon moi, seuls les gens coincés dans une vie similaire à la mienne devraient supporter une telle inquisition.

Lui prenant les mains, il ajouta :

— S'il te plaît, comprends-moi. Ne me quitte pas. Pas encore.

Heather comprenait. Elle comprenait surtout le désespoir présent dans sa voix car elle ressentait le même. Axel ne voulait pas qu'elle parte, mais ne pouvait lui demander de rester parce qu'il n'était pas assez égoïste pour lui imposer le monde dans lequel il évoluait.

Il ne lui avait jamais fait de promesse. Jamais dit qu'il l'aimait. Il ne se laisserait probablement jamais aller à tomber amoureux afin de ne pas imposer son style d'existence à une femme, et en était triste.

Sa bonté lui brisa le cœur.

Malgré cela, Heather ne put se résoudre à partir. À le blesser.

Axel avait besoin d'une nuit avec elle, et c'était réciproque. Une nuit à savourer. Quelques heures supplémentaires de bonheur avant de rassembler ses affaires et partir.

Elle lui prit la main, et l'entraîna dans leur chambre, comme si tout allait bien.

Lorsqu'il fut endormi, elle étudia son beau visage.

Les larmes lui montèrent aux yeux. Elle se souvint de ses rêves quand elle avait commencé à se sentir à sa place avec lui au palais, avait cru qu'il l'aimait, et avoir le droit de l'aimer.

Heather aurait soulevé des montagnes pour Axel, mais il refusait de lui faire endurer sa vie.

En dépit de son envie de finir la nuit avec lui, elle quitta le lit, prit ses vêtements apportés le premier jour de sa mission, puis quitta le palais au volant de son véhicule tout-terrain dans la nuit noire. Sa décision fut prise en un éclair. Elle devait démissionner de son poste et rentrer en Louisiane, partir le plus loin possible de lui.

Heather avait déjà vu sa vie bouleversée, mais s'en sortirait mieux cette fois car son estime de soi et sa dignité étaient intactes. En la laissant être elle-même avec lui, Axel lui avait permis de comprendre qui elle était.

Quelle ironie d'avoir dû prétendre être une autre pour se trouver.

13

En se réveillant seul dans le lit, Axel pensa que Heather avait dû se lever en silence afin de ne pas interrompre son sommeil. Il la chercha dans la salle de bains, puis dans le salon et finit par explorer l'appartement entier, en vain.

Par acquit de conscience, il inspecta la penderie où se trouvaient les vêtements avec lesquels elle était arrivée car ils avaient transféré ensemble dans son dressing la garde-robe fournie par le palais, et elle y était toujours.

Vide.

Réalisant alors qu'elle était rentrée dans son chalet et allait reprendre son travail, il sentit son cœur se serrer, puis se ressaisit. Son départ n'était pas la fin du monde.

En fait, leur relation pourrait même prendre un tour amusant quand Heather serait affectée au service de ses grands-parents. Le parfum de l'interdit pimenterait leurs retrouvailles dans la capitale française lors de ses soirées et jours de congé.

Réconforté par cette idée, Axel se doucha, s'habilla et se rendit dans la salle à manger familiale où il trouva Jozef installé devant le grand écran de télévision en train de regarder Russ donner une conférence de presse. Debout à la droite du chef de sécurité et légèrement en retrait, très professionnelle dans son uniforme et les cheveux rassemblés en queue-de-cheval, se tenait Heather.

— Russ a minimisé l'ampleur de cette affaire, dit le roi. Le tireur avait de sérieux problèmes mentaux. Il est en traitement à l'hôpital et ne nous ennuiera plus.

« Donc le prince ne sortait pas réellement avec Mlle Larson ? demanda un journaliste.

— Non, c'était une histoire montée de toutes pièces. Elle était en service commandé pour mieux assurer sa protection. »

D'autres questions suivirent, plus ciblées sur le profil du tireur.

— Voilà qui se termine bien, dit Jozef.

— Pourquoi Russ ne m'a pas demandé de participer à cette conférence ?

— C'était plus professionnel d'y aller seul avec Heather. Ta présence lui aurait donné une note trop personnelle.

Il acquiesça de la tête, tout en regardant le reporter d'antenne résumer la situation. Son père éteignit la télévision.

Voir Heather disparaître de l'écran donna à Axel l'impression qu'on l'avait effacée de sa vie. Il se sentit renvoyé au point où il en était des semaines plus tôt lorsqu'il envisageait de démissionner de l'administration du palais.

À une différence près. À présent, il avait un projet accompagné d'un énoncé de mission, et avait commencé à récolter les fonds nécessaires à sa mise en œuvre.

Son petit déjeuner pris avec son père, Axel regagna l'étage administratif où il fut accueilli par des applaudissements fournis. En passant devant le bureau de son assistante, il entendit l'un des gardes dire :

— Elle va se faire taquiner sans merci à son retour.

— Elle ne revient pas, ricana son binôme.

Parce que Heather serait détachée au service des parents de

roi, songea Axel, mais ses collèges l'ignoraient. Son absence permettrait aux journalistes de se désintéresser de son cas. Personne ne se pencherait sur son passé. Elle était en sécurité.

Se sentant soudain beaucoup mieux, il s'attela à deux tâches désormais impératives. La première, rédiger une évaluation complète de l'état de l'administration pour la discussion qu'il allait avoir avec son père lorsqu'il lui donnerait sa lettre de démission. La seconde, la liste des choses à accomplir afin de démarrer son projet éducationnel.

Une nouvelle carrière s'ouvrait à lui. Sa nouvelle vie.

Sans Heather.

Son cœur se serrant à nouveau, il se répéta qu'ils pourraient encore se voir. Tout s'était bien terminé. Ils étaient tous deux en sécurité. Grâce à l'intervention de Liam auprès de son ami patron de presse, les recherches sur elle seraient minimisées. Et lui, en donnant son interview exclusive, éloignerait davantage Heather des esprits.

Tout était parfait. Elle était protégée, et lui poursuivait sa vie.

Grâce à Heather.

D'ailleurs, elle ne sortait pas de son existence. Il lui trouverait un poste dans sa nouvelle entreprise. Peut-être au comité consultatif qu'il devait créer. Ils se verraient alors autant qu'ils le voudraient.

À l'heure du déjeuner, Axel retourna dans la salle à manger familiale où son père se trouvait déjà en compagnie de Rowan, des jumeaux et de Liam.

— Quel événement ! s'exclama Jozef. Tu prends deux repas avec moi le même jour.

— Que veux-tu, ma situation a changé.

— Où est Heather ? demanda son frère.

— Dans l'avion pour Paris, j'imagine.

Son père leva un sourcil étonné.

— Elle va chez mes parents ?

— Oui, c'était prévu ainsi. La comédie est terminée, elle devait s'éloigner du palais quelques mois. Lorsque les gens se seront habitués au fait que nous ne sortions pas vraiment ensemble, elle reviendra.

— Votre relation me paraissait très réelle, ricana Liam.

— On devait en donner l'impression, au cas où le tireur aurait agi avec d'autres personnes. J'ai toutefois apprécié la présence de Heather à mes côtés.

— À vous voir ensemble, dit Jozef, vous aviez des sentiments l'un pour l'autre.

— C'est vrai, répondit Axel sachant qu'il était inutile de le nier.

— Vous êtes même amoureux, intervint Rowan après avoir échangé un coup d'œil avec son époux. Nous vous trouvions parfaits ensemble.

Axel les fixa tour à tour, stupéfait, avant de demander :

— Pourquoi ces regards convenus ? Vous vouliez que… je l'épouse ?

— Disons que vous feriez une bonne équipe, dit Jozef d'un ton conciliant.

— Je ne veux pas d'une coéquipière. Liam doit peut-être se marier pour fournir des héritiers au trône, mais je n'ai pas à soumettre une femme à la constante attention dont nous sommes l'objet.

Furieux, il lança sa serviette sur la table et rentra dans son appartement sans trop savoir d'où venait sa colère. En fait, il avait un irrépressible besoin de vivre à nouveau avec Heather. Pour se changer les idées, il poursuivit son travail sur son ordinateur. Le moment venu de regagner son bureau, trois coups furent frappés à sa porte et Rowan entra.

— Comment te sens-tu ?

— Mieux. L'accumulation de stress de ces derniers temps m'a rendu irritable. Je te prie d'excuser ma sortie intempestive.

— C'est normal de s'effondrer après coup. Cependant il y a un point que tu ignores.

— Lequel.

— Après t'avoir entendu parler de Paris, nous avons appelé Russ. Heather a démissionné ce matin. Elle compte rentrer en Louisiane. Assurer ta protection rapprochée des semaines durant a peut-être été trop éprouvant pour elle, selon ton père. Je suis d'un avis différent. Elle est forte. Je ne l'ai jamais sentie stressée.

— Moi non plus, marmonna Axel.

Mais il était trop occupé à savourer sa présence, il en avait même oublié qu'elle était en mission...

Affichant alors un sourire, il déclara :

— Eh bien, je vais retourner travailler, maintenant.

— Cette femme t'aime, Axel, et tu l'aimes aussi. Ne rejette pas un si beau sentiment.

— Je me suis juré de ne jamais imposer ma vie à une femme. D'ailleurs, Heather n'en voudrait pas.

— Tu le lui as demandé ?

— C'était inutile. Ma décision était prise.

Rowan lui serra le bras.

— Je t'en prie, réfléchis. Ne la laisse pas partir. Trouver âme sœur n'arrive qu'une fois dans une vie. Retiens-la, et on monde s'en trouvera illuminé.

Sur ce, elle le laissa.

Comme s'il laissait partir Heather de gaieté de cœur, songea Axel avec une amère tristesse en rejoignant son bureau. Mais il devait le faire. Il devait la protéger. Or pour cela, se séparer d'elle était nécessaire.

Le soir toutefois, son appartement lui parut bien vide. Et son lit plus encore.

Le lendemain matin, Heather fit ses bagages. L'agent immobilier qui lui avait vendu la propriété devait venir en constater l'état dans l'après-midi. La valeur de la maison ayant augmenté avec la rénovation de la cuisine et de la salle de bains, son investissement aurait donc été rentable.

Quitter le chalet et l'île la peinait, mais rester proche d'Axel aurait été pire. Avoir été prête à changer de vie pour lui et s'être fait repousser était triste, mais c'était désormais du passé. Ils avaient eu une dernière nuit ensemble. À présent elle devait aller de l'avant.

Après un coup de téléphone à son ancien commandant qui avait des contacts parmi les gardes du corps, Heather avait postulé pour deux emplois. L'un semblait acquis. Si tout se passait bien, dans une semaine, elle protégerait une star du rock.

Cette idée l'aurait fait rire si elle n'avait pas eu le cœur aussi lourd. Oui, se séparer d'Axel était douloureux, mais pas question de s'abandonner à la tristesse.

À ce point de ses réflexions, le ronronnement d'un hélicoptère se fit entendre. Intriguée, elle sortit sur la terrasse du chalet juste à temps pour le voir se poser sur la prairie.

Axel en descendit.

Le cœur de Heather se mit à battre la chamade. Même si cet homme l'avait blessée, elle restait fautive d'avoir cru que leur relation pourrait durer. Lui aussi souffrait, d'ailleurs. Il pensait avoir agi avec sagesse, quand il n'avait fait qu'enfouir ses sentiments. Il était heureux au jour le jour, avait profité avec joie de leur relation, puis avait tourné la page et probablement repris ses occupations habituelles.

Alors que venait-il faire dans sa propriété ?

Il traversa la prairie en courant et s'arrêta au pied des marches de la terrasse.

— Tu as oublié des affaires dans mon appartement.

— Non, j'ai pris les miennes.

— Il en reste une pleine penderie.

— Elles appartiennent au palais, pas à moi. Je n'en veux pas.

— Mais elles ont été achetées pour toi.

— Pas pour moi. Pour une comédie. De toute manière, je n'en aurai pas besoin dans mon prochain emploi.

— Tu as déjà un travail ?

— J'ai des propositions.

— Donc rien de définitif.

— L'une d'elles devrait se concrétiser avant mon départ pour les États-Unis.

— Alors tu quittes Prosperita ? Je pensais que tu considérais ce chalet comme ton foyer.

— Je le vends. Un agent immobilier vient l'estimer cet après-midi.

Axel la regarda quelques secondes en silence. Il avait l'air fatigué. Heather imagina la longue vie solitaire qui s'étendait devant lui, mais elle ne pouvait plus l'aider. Le sauver n'était plus son travail. C'était à lui de faire ses choix.

— Tu me manques, dit-il enfin.

Ces mots la touchèrent en plein cœur. Il lui manquait aussi. Elle se retint cependant de le dire, question de fierté.

Face à son silence, il reprit :

— J'ai commis une erreur. Ou plutôt, non. J'avais besoin de réfléchir et de me rendre compte que je t'aime.

Heather crut avoir mal entendu tant son cœur s'était mis

à battre à un rythme assourdissant. Axel l'aimait. Il avait prononcé la phrase tant rêvée. Mais l'amour ne surmontait pas tous les obstacles. Ils venaient de milieux trop différents, raison pour laquelle il l'avait laissée partir. Elle le comprenait et avait pris des dispositions pour son avenir.

D'ailleurs, il ne semblait pas attendre de réponse car il poursuivait :

— Je ne suis pas venu te demander d'être la vice-présidente de ma fondation, même si je te veux à ce poste et nous vois très bien faire équipe ensemble. Je suis venu te demander de devenir ma femme.

Il sortit alors un écrin de sa poche, l'ouvrit, puis mit un genou en terre et dit :

— Heather, veux-tu m'épouser ?

La bague scintillait sur son coussinet de velours. Le cœur de Heather s'emballa. Un doute pourtant la retenait d'accepter.

— Je croyais que tu trouvais ta vie trop éprouvante pour y faire entrer une femme ?

— Si quelqu'un est capable de la supporter, c'est bien toi, répondit-il en riant. J'ai été idiot de ne pas réaliser plus tôt ce que tu as compris depuis des semaines. Nous sommes faits l'un pour l'autre. En fait, je crois t'avoir aimée dès le premier jour. Il m'a simplement fallu attendre hier soir pour ouvrir les yeux. Tu as changé ma vie.

— Tu as changé la mienne aussi.

Se relevant, Axel monta les marches.

— Tu as mis du temps à le reconnaître.

Heather lui enroula les bras autour du cou en répondant :

— Je t'aime, Axel.

Il ressortit alors l'écrin de sa poche.

— Es-tu prête à officialiser notre relation ?

Les yeux de Heather s'emplirent de larmes.

— Oui !

Axel lui passa la bague au doigt.

— Rowan va certainement vouloir organiser un grand bal en l'honneur de nos fiançailles.

Puis, jetant un coup d'œil par la porte ouverte, il demanda :

— Pourrions-nous garder ce chalet ?

— J'allais te le demander.

— Parfait car il a une cuisine flambant neuve, paraît-il. Or tu devais m'apprendre à cuisiner.

Et il l'embrassa avec une passion telle qu'elle lui coupa le souffle.

Heather entendit le moteur de l'hélicoptère se mettre en marche. Le pilote avait dû recevoir l'ordre de partir si tout semblait bien aller pour son patron.

Elle en profita pour prendre la main d'Axel et l'entraîner dans sa chambre.

Épilogue

Debout devant l'autel, Axel admirait la sublime femme qui avait conquis son cœur.

Ils avaient attendu le printemps pour la cérémonie car Heather avait voulu associer ce symbole de renouveau au commencement de sa nouvelle vie. Toute sa famille et la moitié des habitants de sa petite ville étaient venus de Louisiane. Il connaissait déjà ses parents et ses frères. Pour les autres, leur mariage était surtout une question de curiosité, mais cela ne le dérangeait pas. Il était heureux de lui montrer à quel point les siens et son ancienne vie comptaient à ses yeux.

De toutes les femmes qu'il avait connues, Heather était la plus belle, la plus intelligente et la seule capable d'être sa partenaire en toutes circonstances.

Celle qu'il avait toujours attendue.

— Vous pouvez embrasser la mariée, à présent, déclara le prêtre.

Axel le fit avec une passion à peine dissimulée.

Lorsqu'ils se séparèrent, la demoiselle d'honneur rendit son bouquet à Heather puis ils descendirent l'allée sous une arche de roses blanches.

Dans la grande salle du palais, ils ouvrirent le bal sous

les applaudissements des invités qui attendirent la danse suivante pour se joindre à eux.

Apercevant son frère qui valsait, Axel dit :

— Il a l'air d'aller plutôt bien.

— Je ne comprends toujours pas pourquoi Lilibet a rompu avec lui si peu de temps avant le mariage. Ils allaient si bien ensemble. Qu'a-t-il bien pu se passer ?

— Elle avait une raison majeure.

Heather se figea sur place.

— Tu sais laquelle ?

Axel la ramena dans ses bras.

— Je te la dirai si tu me promets de ne pas réagir.

— Voyons, je sais me tenir !

— Lilibet a rompu pour lui.

— Ça n'a aucun sens. Ils étaient amoureux fous.

— Si, au contraire. Elle ne peut pas avoir d'enfants.

— Oh...

— Tu trouves sûrement cette raison vieux jeu, mais produire des héritiers est impératif pour Liam. Il était prêt à renoncer au trône pour elle. Lilibet a refusé.

— C'est affreux, murmura Heather les yeux brillants de larmes.

— Je sais. C'est pourquoi nous devons lui apporter notre soutien et nous assurer qu'il ne fera pas de bêtises.

— Compte sur moi.

— Pour l'instant, profitons de notre soirée. Liam serait malheureux de nous la gâcher.

— Pourquoi ne m'as-tu rien dit avant ?

— Je l'ai appris en m'habillant pour la cérémonie. Liam l'a tu aussi longtemps que possible.

— C'est si triste. Je comprends qu'il ait éprouvé le besoin de t'en parler. Mais dorénavant, plus de secrets entre nous.

— Plus de secrets.
— Ni de comédie.
— La nôtre a pourtant eu du charme et s'est très bien terminée.

Le rire de Heather fit fondre le cœur d'Axel. Cette femme extraordinaire avait donné un sens et un but à sa vie. Il avait encore du mal à croire à son bonheur.

Ensemble, ils allaient changer le monde.

Vous avez aimé ce roman ?
Retrouvez en numérique l'histoire de Jozef et Rowan
dans *Liaison au palais*.
Et découvrez la suite de cette série royale
dès le mois de juin dans votre collection Azur !

RESTEZ CONNECTÉ AVEC HARLEQUIN

Harlequin vous offre un large choix de littérature sentimentale !

Sélectionnez votre style parmi toutes les idées de lecture proposées !

 www.harlequin.fr   **L'application Harlequin**

Découvrez toutes nos actualités, exclusivités, promotions, parutions à venir...

Partagez vos avis sur vos dernières lectures...

Lisez gratuitement en ligne

Retrouvez vos abonnements, vos romans dédicacés, vos livres et vos ebooks en précommande...

- Des **ebooks gratuits** inclus dans l'application

- **+ de 50 nouveautés tous les mois !**

- Des **petits prix** toute l'année

- Une **facilité de lecture** en un clic hors connexion

- Et plein d'autres avantages...

Téléchargez notre application gratuitement

SUIVEZ-NOUS !   facebook.com/HarlequinFrance
twitter.com/harlequinfrance